人類最初の殺人

上田未来

双葉文庫

目次

人類最初の殺人

皆さま、こんばんは。

今夜から始まりました、エフエムFBSラジオ『ディスカバリー・クライム』の時間です。ナビゲーターは、わたくし、漆原遥子《うるしばらはるこ》が務めさせていただきます。

この番組では知られざる人類の犯罪史を振り返っていきます。

第一回目の今夜は、「人類最初の殺人」です。

お話しいただくのは、国立歴史科学博物館、犯罪史研究グループ長の鵜飼半次郎《うかいはんじろう》さん。

鵜飼さんは独自の理論と手法により、人類の犯罪心理を長年研究してこられた方です。

実際にその土地へ行ってみて、現場の土に触れながら歴史を考えることもあるそうです。

もと裁判官で、趣味は落語とボクシング。それでは鵜飼さん、お願いします。

〈ジングル、八秒〉

皆さんは、〝バードマン〟をご存じでしょうか？

映画ではありません。ある化石の名前です。

一九八四年八月、イギリスの古人類学者、リチャード・コールマンとその妻のルーシーは、ナイジェリアのオショボ北西にある洞窟で、人類の犯罪史を揺るがす大発見をしました。

それは、約二十万年前のホモ・サピエンスの男性の化石でした。

その男性の頭蓋骨頭頂部前方には、陥没した筋状の痕《あと》が残っていました。その痕は、いままでの化石には見られなかった形状であったため、夫妻はその傷痕の鑑定をスコットランドヤードの法医学チームに委ねました。現代の法医学を使って死因を突きとめようとしたのです。

結果、死因が判明しました。

撲殺です。

男は棍棒《こんぼう》のようなもので正面から殴られていたのです。頭を庇《かば》うために腕をあげたときに骨折した痕も見つかりました。

さらに法医学チームはＣＧを使って男の肉体を復元し、頭蓋骨を含む各部が負った傷痕から、その打撲の方向と強度を検証して男が亡くなったときの状況を再現することにも成功しました。

そこで驚くべきことがわかりました。それは、男が戦いのなかではなく、顔見知りによる正面からの一方的で唐突な打撃によって命を落としていたことです。

そうです。

これは、「人類最初の殺人」の証拠だったのです。

その化石には、もうひとつ特異な点がありました。遺体のまわりに化石化した大量の羽毛《うもう》が見つかったことです。羽毛は、もちろん人間のものではありません。古代に生息した大型の鳥のものです。それらは、まるで遺体を覆うかのように置かれていました。このことから、この化石は、〝バードマン〟と呼ばれるようになりました。

はたして、バードマンとは何者で、いったい誰に殺されたのでしょうか？　そして、どういう経緯でそこに羽毛が撒《ま》かれることになったのでしょうか？

いまからわたしがお話しするのは、人類最初の殺人事件の顚末《てんまつ》です。

今夜は、皆さんを原始のアフリカへとお連れいたしましょう。

準備はいいですか？

それでは目を瞑《つぶ》ってください。といってもドライバー以外は、という意味ですが。

〈フルートの調べ、十七秒〉

いまから二十万年前のこと。

ナイジェリアはオショボに、あるホモ・サピエンスたちが十六名で暮らしていました。

そのころ人類は群れで暮らしていたのですが、そこは母系社会であり、男性は成人すると自分の出自の群れから離れていきます。反対に女性は終生群れにとどまり、ほかの群れからやってきた男性と繁殖を繰り返しました。

母系社会ではありますが、リーダーには男性がなりました。これはライオンやニホンザルと同じです。どうも外敵と争う機会が多い種ほどこのような形態をとる傾向にあり、危険なことは男性に任せようという女性のしたたかな戦略なのでありましょうか。

ともあれ、この群れのリーダーにも男性がなっていました。リーダーを筆頭に男性には序列があり、序列はさまざまなものに影響を与えていました。

たとえば、食事の量や寝る場所、抱ける女性の数などに関係していました。もちろん序列が上の男ほど多くのものを得ることができるわけで、階級闘争も相当激しかったようです。

ルランは、この群れの序列ナンバー2に位置する男です。

彼が、これからお話しする物語の主人公です。

体格はそれほどよくありませんが、頭の回転が速く、とりわけ狩りに優れていました。そのため、昨年この群れに加わったばかりですが、わずか一年足らずで序列ナンバー2の地位についたのです。

ある夕暮れのことです。

いつものように男四人は、ふたりずつ二組に分かれて狩りに出ていました。日没が迫り、ほどほどの収獲を得て、ルランとガルーダはもうこれでよいかと、住処《すみか》としている洞窟に帰ってきました。

ガルーダはこの群れのリーダーをしている男です。大柄な男で肩の筋肉が盛りあがり、前歯はほかの群れとの戦いで殴られたため、ほとんどなくなっています。

もう一組はまだ帰ってきていません。ルランとガルーダが獲物を洞窟の出入口の前に置きますと、子供たちがやってきます。子供たちは獲物のまわりをヒャーホ、ヒャーホと歓声をあげながら走りまわりました。

ガルーダが低い唸《うな》り声で一喝しますと、すごすごと洞窟の奥へと戻っていきます。続いて女たちがやってきます。こちらも獲物を見るとやはり歓声をあげて喜びました。

女たちはひとしきり喜んだあと、夕食の準備にとりかかりました。

夕食の準備――といってもそれは、ただ肉を仕分けるだけのことです。そのころにはすでに人類は火を扱うことができたのですが、みずから火を熾《おこ》す技術はまだ持っていませんでした。稲妻や日光による自然発火を見かけたときなどにそれを種火にして、おもに寒さをしのぐことに利用していたのです。肉を火であぶったほうが、より衛生的で美味だと気づくのはもう少しあとのことです。

仕分けが終わりますと、皆は洞窟のなかで食事を始めました。

きょうの夕食は、岩を投げつけて倒したイタチのような生き物――これは現在では絶滅して名前はついておりません――ほかには、小動物が数匹でした。十六人で分けるにはじゅうぶんな量とはいえませんが、まだ人類はそれほど狩りが上手ではありませんでしたから、これでも立派な収獲なのでした。

まだ狩りに出ているもう一組は帰ってきていません。が、リーダーが食事をするときに皆が食事をする、というのが当時のルールです。

洞窟のなかで食事をするあいだ、出入口には棍棒を持った若い男がひとり見張りにつきました。当時、人類はまだ地上最強の生物になってはいませんでしたから、食事どきは危険なときでもあったのです。外にはホモ・サピエンスよりも体格の優れたネアンデルタール人もいましたし、人間を好んで襲う肉食獣などもいて、常にそういった危険を警戒しながら暮らさねばならないのでした。

その日の食事は無事にすみ、皆はわずかな空腹感を覚えつつも、命の糧《かて》に満足してまどろんでいました。

突然、見張りについていた者が叫び声をあげました。皆が洞窟の出入口に集まりますと、北西の方角から、ひとりの男が近づいてくるのが見えます。

太陽は地平線に沈みかけ、真っ赤に染まる草原のなかを、その男は夕日を背に陽炎《かげろう》のごとく歩いてきます。男は肩に何やら担いでいます。彼は狩りに出ていたもう一組の男、マーラーでした。

マーラーはハンハンという男と一緒に狩りに出ていたのですが、ハンハンの姿は見えません。マーラーが担いでいるのが、シダ植物の大きな葉に包まれた何かであることに皆は気がつきました。

子供たちのなかのひとりがマーラーに向かって駆けだすと、ほかの子供たちもつられて駆けだしました。マーラーまでの距離は洞窟から五百メートルはあったでしょうか。そのころの人類は現代人よりもはるかに視力が優れていました。

やがてマーラーは子供たちとともに洞窟にやってきました。マーラーが洞窟の前に大きな葉に包まれた獲物の肉をおろしますと、皆が歓声をあげました。

その肉はすでに解体してあり何の肉だかわかりませんでしたが、女たちは手間が省けるのでさらに喜びました。いつの世もマメな男は好かれるようです。

さっそく二度目の夕食が始まりました。その肉は、彼らがいままでに味わったことのない不思議な味がしました。

皆が怪訝《けげん》な顔をしていると、マーラーは両手を横に広げ、上下に揺らしてみせたので、それは大きな鳥だったのでありましょうか。

マーラーの棍棒には黒ずんだ血の跡が残っていました。その獲物の血なのかもしれません。

消化器官から分泌されたホルモンが脳神経に完全なる満腹感を伝え、皆は二度の食事に満足し、洞窟の出入口に差しこむ夕日のなかでまったりとしました。

皆満足して、と申しましたが、ひとりだけ何やら悶々《もんもん》と考えている者がおります。ルランです。

ルランは、なぜマーラーの相棒であるハンハンが帰ってこないのかと考えているのでした。

皆はまったく気にする様子がありませんでしたが、ルランはどうしても気になりました。

マーラーが持ち帰った鳥の肉に羽毛がまったくついていなかったことも気になります。皆に二度の食事という幸福をもたらしたマーラーは、いつのまにか洞窟の奥で女たちといちゃついています。ルランは面白くない気持ちでそれを眺めていました。

当時、ホモ・サピエンスのあいだにはわずかながらに社会性が育っていましたから、群れへの貢献もその序列に影響を与えていました。マーラーはルランに次ぐ序列ナンバー3の地位にいます。ルランはマーラーに脅威を抱いたのです。

ルランは立ちあがると、マーラーに近づいていきました。そばまで行き、

「ハンハン！」

と怒鳴りました。

マーラーはルランに顔を向け、

「ハンハン？」

と聞き返しました。

当時人類はすでに言葉を発することができたのですが、まだ複雑な文法は持ってはいませんでした。あるのはいくつかの名詞と動詞だけ。それだけでコミュニケーションをとっていたのです。そのころはまだ誰も複雑なことを考えてはいませんでしたから、それでじゅうぶんなのでした。

マーラーはしばらくして、ようやくルランが尋ねているのは、ハンハンの居場所のことだと気がつきました。マーラーは、なんでもないといったように、

「シュシュ」

と呟《つぶや》きました。

それから空中の何かを手にとる振りをして、それを口元まで運ぶ仕草をしてみせます。シュシュというのは、ある赤い実のことです。現在ではすでに見られなくなった植物ですが、ハンハンがその実を食べたということをその動作は意味しているのだとルランは解釈しました。ルランはハンハンがその実が好きなことを知っています。

しかし、そのことがハンハンが帰ってこない理由にはなりません。それでもマーラーは、それでじゅうぶん説明し尽くしたと思ったのか、ふたたび女といちゃつき始めました。

納得のいかないルランでしたが、それ以上追及する言葉の術《すべ》を持ち合わせてはいませんので、ハンハンは「シュシュ」の実を探しているうちにはぐれてしまったのだろうとマーラーの言葉を補って考えました。この時代にしては、ルランは頭がよい男でした。

空にまんまるな月が昇りました。皆はすっかり寝入っています。そのなかでルランだけは寝つけずに考えごとをしていました。

はぐれてしまったとはいえ、あのハンハンがこの洞窟に帰ってこないのは妙だ、動物にでも襲われたのだろうか、はたまた群れに戻るのをやめて別の群れに加わったのだろうか、などと考えていたのです。

そんなことを朝方まで考えていると、お腹が空いてきました。マーラーに嫉妬するあまり、マーラーの獲ってきた肉をほとんど食べなかったことがよくなかったのでしょう。そういえば、あの鳥はどんな鳥だったのだろうとルランは思いました。

以前にもルランは鳥の肉を食べたことがあるのですが、夕方に少しだけ食べた肉は、どうも鳥の味ではないような気がしてきました。そもそも一羽の鳥にしては量が多すぎます。それに、なぜマーラーがその肉を捌《さば》いて持ち帰ったのかということも気になります。

その瞬間、ルランの頭のなかで何かが光りました。輝くそれは脳内を一瞬稲妻のように駆け抜けただけでしたが、ルランは得《え》もいわれぬ興奮を味わいました。もやもやしていたものが突如として明晰《めいせき》な形を持って現れ、点となっていたものが線で繋《つな》がったのです。

――そうだ。マーラーは何も獲れなかったものだから、ハンハンを殺して、その肉を持ち帰ったんだ。

思考は言葉によって紡がれます。お話ししたようにこの時代にはまだ文法がありませんから、このようにはっきりとした文の形でルランの頭のなかに浮かんだわけではありません。しかし、ルランの頭のなかのイメージを統合すると内容はおおよそこのようなものでした。

これは人類最初の論理的な思考でしたが、もちろんルランがそんなことを知る由もありません。

ともかく、この天啓のような閃《ひらめ》きにより、ルランの頭のなかで、ハンハンの失踪とあの妙な味の肉が結びついたのです。

モラルという概念のない当時であってさえ、カニバリズム――いわゆる人肉食は嫌忌《けんき》されることでした。ましてや仲間を殺すなど許されることではありません。これは皆に周知しなければならぬことです。しかし、そこには問題がありました。

かの谷崎潤一郎氏は『文章讀本《ぶんしようどくほん》』のなかで、こう述べておられます。

〈人間が心に思うことを他人に伝え、知らしめるのには、いろいろな方法があります。たとえば悲しみを訴えるのには、悲しい顔つきをしても伝えられる。物が食いたい時は手真似で食う様子をしてみせても分かる。その外、泣くとか、呻るとか、叫ぶとか、睨むとか、嘆息するとか、殴るとかいう手段もありまして、急な、激しい感情を一息に伝えるのには、そういう原始的な方法の方が適する場合もありますが、しかしやや細かい思想を明瞭に伝えようとすれば、言語によるより外はありません。言語がないとどんなに不自由かということは、日本語の通じない外国へ旅行してみると分かります〉

そうなのであります。

ルランは伝えるべき事柄を抱えてしまったのですが、その「細かい思想」を明瞭に伝える術を持っていなかったのです。

そのため、朝、さっそく群れのリーダーであるガルーダに自分の考えを伝えようと試みたルランでしたが、やはりそれはうまくいきませんでした。

ルランは、ただ、

「ハンハン、ポー、マーラー、ポー、ハンハン、ポー……」

と繰り返すばかりでガルーダにはまったく通じません。

「ポー」は「殺す・獲る」を意味する言葉です。ルランはマーラーがハンハンを殺したと訴えていたのですが、まったく伝わらなかったのです。

ルランの発する言葉のなかには、図らずものちに発生する英語や中国語のように主語、動詞、目的語の語順に相当するものがありました。必要は発明の母と申します。言葉とはこのように発達していったのでありましょうか。さりとて、聞くほうがその法則を知らなければ意味が伝わるはずもありません。ガルーダは、ルランのいわんとすることを理解しなかったばかりか、その表情には、もはや「ハンハン」という言葉が意味するものを忘れている感さえありました。

当時の人間からすると、いなくなった者の存在を忘れることは無理からぬことでした。ハンハンはこの群れで生まれ育ったのですから、いずれはこの群れを出ていく運命です。それが早く起こっただけ。皆はそのように考えていたのです。いなくなった人間のことを覚えておく道理はありません。記録のない世界、どうせ忘れるのなら、早いにこしたことはないというわけです。

とりわけリーダーのガルーダは、記憶力に乏しく、頭のなかには食べることと女を抱くことのふたつしかない男です。まさしく原始人を代表するような男でした。

が、諦めきれないのはルランです。彼にはなぜかしら物事を記憶する力があり、一度考えついたことを頭のなかから消し去ることができなかったのです。

ルランは、ガルーダを説得するのを諦め、マーラー本人を問い詰めました。といってそれは、ガルーダにしたようにただ言葉を並べて繰り返すだけでしたから、やはりマーラーの反応もガルーダと同じようなものでした。マーラーは首を傾げ、不思議そうな顔をしてルランを見つめるばかりです。

ルランは、目の前にはっきり見えているのに、それに手を触れることのできないもどかしさを覚えました。

どうやってみても自分のいいたいことが伝えられないのです。

それからというもの、そのことばかり考えてしまいます。思うように狩りもできません。

さらにはあの日以来、皆から慕われるようになったマーラーの態度も鼻につきます。

マーラーの序列はルランのすぐ下です。当時の男性にとって序列はひどく重要なものでした。

まあ、それはいまでも変わりはございませんが。

八日経ち、アフリカの夜空に下弦の月がかかるころ、ルランはまだ寝つけずにいました。

そのとき、ふとある考えが浮かんできました。

――マーラーがハンハンを殺害したことを示す何かを見せれば、皆は自分のいっていることをわかってくれるかもしれない。

いわゆる物証です。その物証は、言葉の通じぬ原始人のような人間でも――これは比喩ではありません――見ただけでわかるものでなくてはなりません。

ルランは起きあがると、いびきを立てて寝ている仲間のあいだを縫って洞窟を出ていきました。

空には眩《まぶ》しいとさえ思えるほどの満天の星が輝いています。そのなかでもとびきり大きく輝いている星が月です。その大きさは巨大で日々形が変わります。ルランにはそれが不思議でなりませんでした。

――どうしてあれは、毎夜削られるようになくなっていくのだろう？

疑問には思うものの、その気持ちを誰かと共有することはできません。月を見るたびに煩悶《はんもん》するばかりです。

ルランは森に向かって歩いていきました。マーラーがあの妙な味の鳥を獲ってきた方角です。現代よりもかなり気温の低かった時代です。ルランは震えながら月に照らされる大地を歩きました。

荒野をしばらく歩いていくと、森に複数の赤い点が見えました。月光に赤い実が照らしだされているのです。

――シュシュだ。

ルランは、マーラーのいったことを思い出しました。マーラーにハンハンのことを尋ねたとき、彼は「シュシュ」といいました。あの言葉は、ハンハン殺害の現場を意味していたのかもしれません。

ルランはシュシュの密生しているあたりへ行き、何かないかと探しました。

しかしどれだけ探しても何も見つかりません。見つかるのは虫の死骸や石ころばかりです。

ルランは夜空を見あげました。

——明るくなってから探すか。

月がどれほど明るくとも太陽にはかないません。ルランは繁みを見つけると、そこに横になりました。寒さに身を縮こまらせます。

身体を丸め、月を見あげて思いました。

——いったい自分は何をしているのだろう?

確実に〝それ〟があるとわかっていても、誰にも伝えられなければ、それは存在しないも同然なのです。

翌朝、ルランは、何かがゴソゴソという音で目を覚ましました。小さな虫が蠢《うごめ》くような音です。なんだろうと思ってその音のほうへ這っていきます。

三メートルほど進んだでしょうか。ぽっかりと円状に草がない場所がありました。その真ん中に平べったい石があり、その上にアリやら甲虫やらがひとところに集まっているのが見えました。さらに近づいてみますと、虫たちは何やら丸いものに群がっています。

それを見たとたん、またしてもルランの頭にあの閃きがやってきました。

――これは人間の頭だ！

彼らはその肉を食《は》んでいるのです。その丸い物体は、肉片のかけらが残っているものの、もはや顔を判別することのできない状態になっていました。付近には、人間の脊椎やら肋骨《ろっこつ》やら大腿骨《だいたいこつ》らしきものも見えます。

まだかろうじて残っている頭髪を摑《つか》んで頭部を持ちあげると、丸い形から丸顔のハンハンの顔が思い浮かびました。

――ここでハンハンは殺されて解体されたのだ！

ルランは空を見あげて喜びを嚙《か》みしめました。

――これをマーラーに見せれば、罪悪感からマーラーは自分のしたことを認めるはずだ。

そもそも当時の人類に罪悪感なるものがあるのかどうか疑わしいところですが、少なくともルランにはそれがあり、マーラーも同じように感じるだろうと思ったのです。人は他人も自分と同じように感じると思うものです。

往々にしてそれは間違いなのですが。

頭蓋骨の上あたりを触ってみますと、そこにへこみがあります。それはいかにも棍棒で叩いた痕のように見えました。

ルランはそのときの様子を思い浮かべてみました。

ハンハンがシュシュに夢中になっていたとき、ふいにマーラーが呼びかけます。ハンハンが振り向いたところをマーラーが棍棒を振りおろす――このようなイメージがまざまざと頭に浮かびました。

――間違いない。

これさえあれば、仲間を説得できる！

太陽が南中するころ、ルランは洞窟に戻りました。

ちょうど午前の狩りを終えた男たちが戻ってきたところでした。皆はルランが帰ってきたことに驚いていました。ルランはこの群れの出身ではありません。したがって群れを出ていく必要はないのです。

そのルランが夜のあいだに群れを出ていったことを皆は不思議に思っていました。さらには、そのルランが帰ってきて、皆の当惑は増しました。群れを一度出ていった男は通常戻ってはこないものです。出ていったことも異例であれば、戻ってきたことも異例でした。

この不測の事態に皆どう対処すべきかわからないようでしたが、そこはやはりリーダーのガルーダが皆を代表してルランに近づいていきます。

何かを尋ねたいような顔をしていますが、もちろんガルーダにはその術がありません。ただルランを睨《にら》みつけて唸り声をあげるだけです。

ルランは洞窟の前で、手に持った頭蓋骨を持ちあげてガルーダに突きつけました。そこに言葉を添えます。

「ハンハン、ポー、ハンハン、ポー」

それからマーラーを睨みつけます。これで自分の意図が伝わったはずだとルランは思いました。

が、誰も何もいいません。皆ルランの持つ丸い頭蓋骨を見つめるばかりです。マーラーもそれをじっと見つめていますが、その表情に驚いた様子はありません。

子供たちは首を傾げて頭蓋骨を見ています。人骨だと理解していないのかもしれません。どうして食べられないものを持って帰ってきたのだと呆《あき》れているようにも見えます。

ルランは大声で繰り返しました。

「ハンハン、ポー、マーラー、ポー、ハンハン、ポー!」

いい終わって仲間をじっと見つめます。ふたたび洞窟のなかに沈黙が訪れました。やはり反応はありません。

ルランには彼らはまったく無反応に見えたのですが、じつのところ、皆はルランが何かを伝えようとしていることには気づいていました。ルランが必死になって何かを訴えていることはわかるのです。ただその〝何か〟がわからないのでした。

ルランは洞窟に入ると、いつもマーラーが使っている棍棒を持ってきました。それを頭蓋骨にあてて見せます。

が、皆はぼんやりとした顔でルランを見ているだけです。ルランはマーラーの棍棒でその頭蓋骨を叩きました。乾いた音が響きます。

子供たちは音に反応して驚いた顔をしましたが、大人は無反応です。

ルランは、「ハンハン！」と叫びながら頭蓋骨を何度も叩きました。それでも反応はありません。

皆の表情がだんだん硬くなってくるのにルランは気がつきました。その表情を見ながら、ルランの頭には次のような考えが浮かんできました。

――ひょっとして彼らは、このルランがハンハンを殺したと思っているのではないだろうか？

無論、誰もそんなことは考えていません。ただ、ルランが何をしているのかわからなかっただけです。が、ルランにはそれがわかりません。

なんとかして自分のいいたいことを伝えなければ、自分の立場が危なくなる……。

――そうだ、マーラーがハンハンを殺した場面を再現してみせよう。それなら皆も理解してくれるはずだ！

ルランは、マーラーの腕を摑むと、彼を引っ張りだしました。マーラーはこれから何が起こるのかわかりませんから、されるがまま、ルランに手を引かれて洞窟の外に出ます。

ルランは、棍棒をマーラーの手に握らせると、自分はハンハンの役をするべくうしろを向きました。それから大きな声で「ハンハン！」と叫んで自分の胸を叩き、次いで、「シュシュ」といいながら、シュシュの実を樹から採って食べる真似をしました。最後にマーラーと向き合い、呆然《ぼうぜん》とするマーラーの手を摑むと、棍棒でルランの頭を叩くように彼の手を動かしました。

そこで、どうだ、といわんばかりに皆を見ましたけれど、皆は口を半開きにしてルランを見つめるだけで何も反応を示しません。

ルランはますます焦りました。いよいよ皆が自分を疑っているのではないかと思ったのです。

ここまで聴いてこられた方ならおわかりになるかと思いますが、ルランはなかなか頭のまわる男でした。ここ数日はことさらいろいろなことに思慮《しりょ》が働くようになっています。

ルランはさらにこんな疑いを抱きました。

皆は、ルランがマーラーにハンハン殺害の責任を押しつけようとしている、と思っているのではないだろうか。

もちろん、誰もそんな複雑なことは考えていません。ただルランが動きまわっているのを興味深げに見ていただけのことです。

ルランはマーラーの手に持たせた棍棒をとりあげると、今度はマーラーの役も自分で演じました。

「マーラー!」と叫んで自分の胸を叩き、棍棒を振りおろします。すぐさま振りおろされた先に自分の身体を持っていき、「ハンハン!」と叫んで頭を殴られた演技をします。そこで転げまわります。苦しそうな呻《うめ》き声をあげながら。すぐに立ちあがるとまた「マーラー!」と叫んで先ほどと同じことをしました。

ルランは頭のよい男でしたが、このときばかりは分別《ふんべつ》を失くしていたのでしょう。それは一日じゅう歩き続けたせいもあるでしょうし、自分の伝えたい事柄を誰にも伝えられないもどかしさのせいもあったでしょう。なんと彼はこの動作を三十一回も繰り返したのです。

そこでルランは気を失いました。

数時間後、ルランは子供たちの叫び声で目を覚まします。洞窟のなかで目を覚ました彼の目前には不思議な光景が広がっていました。子供たちが棍棒を持ち、「マーラー!」と叫んでは、それを振りおろし、「ハンハン!」と叫びながらでんぐり返しをしています。そしてその繰り返し……。

ルランには子供たちが何をしているのかさっぱりわかりませんでしたが、それを誰かに尋ねることはできません。

ルランが目を覚ましたことに気づくと、子供たちはルランを洞窟の外へと連れだしました。そこでルランに何かをねだります。が、ねだられたところでルランは何も手にしていませんから、何もあげることはできません。それでも子供たちはしきりにルランに何かを求めています。

そのうちひとりの子供が、さきほどまでおこなっていたことをしました。それはマーラーがハンハンを殺害する場面です。どうやらそれをもう一度ルランにやってみせてほしいといっているようです。

気が進まないながらも、ルランはそれをやってみせました。

子供たちはアゥーと歓声をあげました。それからまたルランの真似をします。

子供たちは、すっかりルランの動きに魅せられていたのです。そのドラマティックな所作、反復がつくりだすリズム、感情のほとばしる叫び声――しかもその感情は、「怒り」でもなく「愛情」でもなく「恐怖」でもなく、彼らがいままでに体感したことがないものでした。

これが人類最初の演劇だったということをルランが知る由もありません。

子供たちは無邪気にルランにせがみ続けます。

ルランはこんな意味のないことをしたくはありませんでしたが、無邪気な子供たちにせがまれ続けては従うよりほかありません。だるそうにそれをやってみせます。そのだるさ加減がまた子供たちを喜ばせるのでしょう。子供たちはさらに歓声をあげ、器用にルランがやったのとまったく同じ動きをしてみせます。だるそうな雰囲気もそのままに。

そのうち子供たちは動きにアレンジを加えるようになりました。棍棒を二回振るってみたり、でんぐり返しではなく宙返りをしてみたり、横に回転してみたり……。

子供たちはそれに飽きる様子を見せません。そこに女たちが加わり、さらに狩りから戻ってきた男たちも参加しました。ひとりの子供はルランが持ち帰った頭蓋骨をリズミカルに棍棒で叩いています。

その騒ぎは夜半まで続きました。皆でさまざまな名前を叫んでは棍棒を振るい、また誰かの名前を叫んではでんぐり返しをします。何がおかしいのか、皆はそれをするたびに大喜びしています。

ルランは岩場を背に、複雑な思いでその様子を眺めていました。

人々のその異様な興奮は五日続きました。食事や就寝を除いては皆、それを嬉々《きき》として繰り返しています。

ときおり、ルランを引っ張りだしてはお手本をするように頼みます。ルランは仕方なく、それを見せてやります。やるたびにおざなりになっていくのですが、それがまた皆の目には新鮮に映るのでしょう。皆もルランのおざなり具合を真似て、歓声をあげます。

ルランの心はいまにも破裂しそうなほどに乱れていました。誰もルランの気持ちをわかってくれないばかりか、ルランが必死に演じた行為を笑いながら真似しているのです。

寝ているあいだでさえ、ルランは夢のなかで同じ光景を見ていました。頭のなかで子供たちが頭蓋骨を叩く音が鳴りやみません。

五日目の夜、ルランはついに洞窟を出ていきました。次の日もあれを見せられるのかと思うとたまらなかったのです。

月相は晦《つごもり》になっていました。その頼りなげな細い線を見あげてルランは嘆息しました。ひどく疎外感を抱き、何もする気が起きません。

あてもなく、消えかかる月に向かって歩いていきます。

明け方近くまで歩いていると、あたりに甘い匂いが漂ってきました。ずいぶん遠くまで来たようです。いままで来たことのない場所です。

目を凝らすと、前方の森に赤い点がいくつか見えました。

シュシュです。

前に見つけた森とは別の森です。放心状態のまま、その森へ入っていきました。

シュシュの実をひとつ採り、じっと見つめますと、またため息が出ます。

そのときです。うしろから「ルラン！」と懐かしい声が聞こえました。

振り返ると、そこに異様な人間が立っていました。鳥の羽根を全身につけた男です。その男は羽毛が無数につけられた毛皮を着ているのです。頭には、古代ギリシアで勝者に与えられる月桂樹の冠のように、鳥の羽根を繋いだ輪を被っています。

ルランはあまりの驚きに声を出すこともできませんでした。

よく見ると、その男はハンハンでした。全身に鳥の羽根をつけていますが、この毛深く丸い顔は間違いありません。

「ハンハン？」思わずルランは問いました。

「ルラン！」とハンハンが答えます。

ハンハンの口許はシュシュの実で真っ赤に染まっていました。さきほどまでシュシュを食べていたのでしょうか。ハンハンのうしろを見ると、葉が積まれ、踏み固められた場所があります。

ハンハンは嬉《うれ》しそうにルランの腕を摑むと、葉の敷き詰められた場所へと引っ張りました。そこには大量にシュシュの実が積まれ、ほかにも動物の肉が置かれていました。幾日かここで生活した跡があります。その向こうには、赤い実の森が延々と続いています。ここはシュシュの一大生育地になっているようです。

ハンハンは何度も飛びあがり、仲間に会えた喜びを表現しています。

ルランは呆然として動きまわるハンハンを見つめました。

ハンハンは生きていました。ということは、ルランが先日森のなかで発見した遺体は、ハンハンとは別の人物のものだったことになります。マーラーはハンハンを殺してはいなかったのです。

当時は行き倒れたり、野生動物に殺されたりして命を落とす人間は少なからずいました。

葬儀の概念のない時代です。荒野で死んでしまった者は野ざらしになります。あの遺体もそのひとりだったのでしょう。ルランの群れとはまったく関係のない個体だったのです。

ハンハンが、羽毛をつけた毛皮を広げて得意げな顔をしました。その羽毛は防寒のためにつけたのでしょうか。見事なほどにびっしり毛皮にとりつけられています。ハンハンは両手を広げ、鳥のように羽ばたかせました。羽毛の大きさからすると、かなり大きな鳥だったようです。

じつは、この鳥こそが、マーラーが持ち帰ってきた肉の正体でした。現在ではすでに絶滅してしまった種ですが、大型で、大量の羽毛を持つ鳥です。ハンハンがこの羽毛を気に入り、シュシュの森から離れることを嫌がったため、マーラーは仕方なく肉を捌いて持ち帰ることになったのでした。ハンハンは一枚残らず羽毛を欲し、マーラーはその肉をバラバラにせざるを得なかったのです。

一通りの狩りを覚えて独り立ちの時期が近くなっていたハンハンは、この羽毛さえあれば洞窟に戻らなくても寒さがしのげると考えたのかもしれません。地球はまだ氷河時代でしたから、人間が洞窟の外で暮らすには何かしら工夫をしなければなりませんでした。

ハンハンが鳥の真似をするように両手を羽ばたかせました。ルランに何か伝えたいようですが、身振りだけでは伝わりません。

しばらく頭のなかで言葉を探したあと、ハンハンは叫びました。

「ハンハン、ポー、マーラー、ポー、ハンハン、ポー！」

ルランは愕然《がくぜん》としてその言葉を聞きました。

「ポー」には「獲る」と「殺す」のふたつの意味があります。ハンハンは、この鳥は自分とマーラーが獲ったものだと伝えたかったようですが、ルランの耳にはまったく別の響きとして聞こえました。

それは、ルランが必死に仲間に訴えた、あの叫びと同じだったのです。

人類の諍《いさか》いのほとんどはコミュニケーションの齟齬《そご》によって生じるものです。当時の人類にまだ「侮蔑《ぶじょく》」の概念はありません。人類はそこまで自分の意思を表現する力を持ってはいませんでした。当然ハンハンにもその意図はなかったはずです。が、ルランの胸の裡《うち》に湧きあがったものは、まぎれもなく、侮蔑された者の胸に宿る、あの、薄暗い色の感情でした。

ルランは、ハンハンが自分のしてきた一連の行動を揶揄《やゆ》していると感じたのです。

論理的に考えれば、ルランが仲間に必死に訴えていたとき、ハンハンはその場にいなかったのですから、ルランの行動を知っているはずがありません。が、ハンハンの紡いだ言葉がルランの訴えていた言葉とまったく同じだったという偶然が、ルランの思考を完全に論理の埒外《らちがい》へとはじき出してしまったのです。

目の前では、鳥の羽根をつけたハンハンが大げさに両手を羽ばたかせ、シュシュで真っ赤に染まった歯を剝《む》き出しにし、満面の笑みで「ハンハン、ポー！」と叫び続けています。ハンハンが笑っているのは仲間に会えたという純粋な喜びからでしたが、ルランの知性を持った目には、その笑顔は自分に対しての嘲《あざけ》りに映りました。

この鳥を仕留めたことがよほど嬉しいのか、ハンハンの叫びはやみません。両手を羽ばたかせ、さきほどの言葉を繰り返します。

「ハンハン、ポー！」

自分の態度によって相手に引き起こされると予期した感情と、実際に相手の心に浮かぶ感情が異なることは多々あるものです。それを埋めるのが言葉であり、相手への理解です。どちらも彼らには未発達の領域でした。

ルランが反応を示さないことで、自分の気持ちが通じないと思ったのか、かえってハンハンの叫び声は大きくなっていきます。

「ハンハン、ポー！」

ルランの胸の裡に、ふつふつと黒い感情が膨らんでいきました。

疎外感からくるストレス、誰にも自分の考えを明確に伝えられないもどかしさ、どこにも居場所のない息苦しさ——これらもろもろの感情に囚われ、ルランはまるで現代人のように、精神的にも肉体的にも限界まで張り詰めた状態にありました。

あたかも彼の心は、晦《つごもり》の月相のごとく細くしなった弓にピンと張られた弦のようだったのです。

「ハンハン、ポー!」と、すぐそばで叫ばれたとき、ルランは棍棒を振りおろしていました。

棍棒はハンハンの頭を直撃しました。

突然の攻撃によってよろめいたハンハンは、「ポー……」と呟くと驚いたような表情を凍りつかせて二、三歩さがり、そのままうしろに倒れました。ルランはその上に乗り、何度も何度もその頭を正面から棍棒で叩きつけました。やがてハンハンは動かなくなりました。

棍棒が血で真っ赤に染まり、顔や身体に返り血をたっぷり浴びてルランは立ちあがりました。しげしげとその遺体を見つめたあと、細く消えかかる月に向かって叫びました。

「マーラー、ポー、ハンハン、ポー、ルラン、ポー、ルラン、ポー……」

こうして〝バードマン〟は殺されたのです。これが人類最初の殺人になりました。

ルランには罪悪感があったのかもしれません。彼は〝バードマン〟ことハンハンを撲殺したあと、羽毛だらけの毛皮を着せたまま近くで見つけた洞窟の奥にハンハンを寝かせました。それから遺体が動物に襲われないように、その上を土と石で覆いました。最後にハンハンが大好きだったシュシュの実をそこに供えました。

その化石が二十万年のときを経て、イギリスの古人類学者によって発見されることになったのです。

「言葉なき世界に人は非情かな」

いつの世も自分の意思を正確に相手に伝えるのは難しいようでございます。

このへんでこのお話は終わりにしたいと思います。

〈ジングル、八秒〉

お話は、国立歴史科学博物館、犯罪史研究グループ長の鵜飼半次郎さんでした。

人間って怖いですね。

次回は来週月曜日午後十一時からの放送になります。
ナビゲーターは漆原遥子でした。
それではまた次回の放送でお会いしましょう。

人類最初の詐欺

皆さま、こんばんは。

エフエムFBSラジオ『ディスカバリー・クライム』の時間がやってまいりました。ナビゲーターは、漆原遥子です。この番組では知られざる人類の犯罪史を振り返っていきます。

第二回目の今夜は、「人類最初の詐欺」です。

お話は、前回に引き続き、国立歴史科学博物館の鵜飼半次郎さんです。

鵜飼さんは先日、イギリスでの現地調査から戻ってきたばかりです。

ロンドンでは、三味線を持ってパブへ行き、地元の人とジャムセッションをなさったそうです。鵜飼さん、三味線が弾けるのですね。

それでは鵜飼さん、お願いします。

〈ジングル、八秒〉

「ユニコーンは人間に対して悪意を抱いている」

これは四世紀のキリスト教神学者、聖バシレイオスが残したとされる言葉です。ユニコーンは、馬に似た、額に長い角を持つ伝説上の生き物のことです。

この話には続きがあります。

「ユニコーンは人間を追いかけ、追いつくや、角で突き、貪り喰《く》う。だから、人間よ、気をつけよ。ユニコーンから身を守るのだ。ユニコーンとはすなわち悪魔だ」

何かの比喩のようにも聞こえますが、まだ現実と幻想の区別がはっきりとはなされていなかった時代のことです。ユニコーンも悪魔も人々にとってはかなりの実在性を持ったものでした。ですから、これは警句だったのかもしれません。

とまれ、現在のユニコーンとはずいぶんイメージが異なっていたようです。

ユニコーンは古くからヨーロッパを中心に多くの芸術作品の題材になってきました。架空のものではありますが、その神秘性ゆえに多くの人を惹《ひ》きつけてきたのでしょう。

いや、架空のものであるがゆえ、人々の想像を掻《か》き立ててきたのかもしれません。

さて、一九七九年、北海において油田発掘中、驚くべきものが発見されました。

それは、額に一本の長い角がある馬の化石でした。放射性炭素年代測定の結果、それはいまから一万年前、完新世に入ったころのものであるとわかりました。

その化石にはいくつかの奇妙な点がありました。

ひとつは石棺に納められていたことです。そのため、長い年月が経ったあとでも原型をとどめることが可能だったのです。当時は旧石器時代が終わりに近づいているころでしたが、このような石棺をつくる文化をまだ人類は持っていません。石棺にはタールが流れこんでいて、そのこともこの化石の保存に役立っていました。

もうひとつの奇異な点は、そこに納められていたものが人造の動物だったことです。正確には、野生の馬の額に別の動物の牙が角のようにとりつけてあったのです。

そうです。

これはユニコーンを偽装してつくられたものだったのです。

いったい誰が、どのような目的でそのようなものをつくったのでしょうか?

今回のお話は、ユニコーンを巡る物語です。

といっても、ここは犯罪の始祖を扱う番組ですから、そこには当然「罪」があります。

その罪とは「詐欺」です。

このユニコーンの存在こそが「人類最初の詐欺事件」に繋《つな》がったのです。

今夜は皆さんを中石器時代のヨーロッパへとお連れいたしましょう。

〈オーボエの調べ、二十秒〉

ときはいまから一万年前、舞台はドッガーランド。

ドッガーランドをご存じない方も多いかと思いますが、かの地は八千二百年ほど前に海に沈んでしまった土地の名前です。場所はイングランドの東方沖《とうほうおき》、大きさは日本列島とほぼ同じでした。

そのころ、ドッガーランドではアフリカ大陸から渡ってきた肌の黒い人々が集団で暮らしていました。現在のヨーロッパに暮らす人々の祖先です。

彼らは体格に優れ、俊敏性のある人たちでした。腕力も脚力も現代人に比べてはるかにまさっていました。

しかしながら、全員がそうだったというわけではありません。例外はいつだってあるもので、それがいまからお話しする物語の主人公——ヤームという男です。

ヤームは、腕力も脚力もまわりの人より劣っていて、運動能力が極めて低く、ひとりではとても生き延びられないような人でした。

そんなヤームでしたが、優れたところもありました。それは巧みに話す能力です。当時としてはあまり価値のおかれなかった能力のひとつですが、ヤームのそれは群を抜いていました。そもそも「ヤーム」という名前も、「うるさい」という意味の言葉です。ヤームがあまりにもよく喋《しゃべ》るので、皆からそう呼ばれるようになったのです。

そのころのドッガーランドの人々は、五十人程度の群れで暮らしており、一生をその群れで暮らすのが常でした。しかし、ヤームは当時としては珍しく、いくつもの群れを渡り歩いている男でした。

まだ文字がなく、集団同士の交流もありませんから、よその集団に入れば言葉も通じず、習慣もわかりません。

にもかかわらず、ヤームはするするとよその集団に入ることができたのです。ヤームの社交性は尋常ではなかったのでしょう。すぐにべつの集団の言葉を覚えることができ、その集団のリーダー――つまりは、その群れの一番偉い人を見抜くことに長けていたのです。

しかし、それだけでは群れのなかで生き残ることはできません。群れに入れば誰でも仕事をする必要があります。当時の男の仕事といえば狩りです。群れの多くは、男性が狩りをし、女性が木の実の採取などをしていました。

お話ししたように、ヤームは運動能力が低く、普通に集団で歩いているだけで遅れるような男です。しかしながらヤームには知恵がありました。

集団で狩りに出ますと、とにかくまっ先に声を出します。

「ヤッピー！」

仲間たちがヤームの指さすほうへ猛烈な勢いで突進していきます。「ヤッピー」というのは、群れによっても異なりますが、獲物を見つけたときの合図です。

じつのところヤームは、ただ何かがいそうな場所を当てずっぽうに指さしているだけですが、森には何かしら生き物がいますから、集団で直進すればいずれ何かが捕まります。

一万年前の人類にも社会性はありましたから、狩猟に役立った人間は集団のなかで評価されました。獲物を獲った者はもちろんのこと、獲物を最初に見つけた者も評価を受けたのです。

ヤームは、この方法でそれなりに評価を受けているのでした。

とはいえ、いつまでもそんなごまかしがきくわけもありません。皆が怪しみだしたころを見計らい、ヤームはこっそりと群れを出ていくのでした。

あるとき、ヤームは群れを離れ、新しい群れを探していました。

なかなか新しい群れは見つかりません。氷河期が終わったとはいえ、まだ気温はかなり低い時代のことです。季節は夏でしたが摂氏五度ほどしかありませんでした。

ヤームは見かけだけは立派な狩人に見えます。アカシカの毛皮でつくったコートを着て、背中には特製の槍《やり》を担ぎ、脚には熊の毛皮を巻いています。当時としては最先端の服装です。

外見も新しい群れに迎えてもらうには欠かせない要素です。ヤームはそういうことには詳しい男でした。

ヤームが担いでいる槍は、ヘラジカの角と樫《かし》の木でつくった二メートルの長さのもので、その先はタールの池につけて補強してあります。

タールとは流動性の高い天然アスファルトのことです。ドッガーランドのあった場所は、いまは北海油田があるところで、当時は陸地でしたから、たくさんタールの池がありました。

のちの話になりますが、人類は船の底に天然アスファルトをコーティングすることで、丈夫な船をつくるようになります。旧約聖書には、神がノアに、箱舟の底に天然アスファルトを塗るように指示する箇所があります。ものを接着させたりコーティングしたりするのに、天然アスファルトは大変便利なものだったのです。

二日歩き続けて、ようやくヤームは人間の足跡を見つけました。足跡の窪みを見て、この近くに群れがいるな、と思いました。同じような足跡を持つネアンデルタール人はもう絶滅しています。ヤームは足跡を辿《たど》っていきました。谷まで歩いていくと、谷の底に大きな洞窟が見えました。これまでに見たことがないほどの大きさです。どうやらあの洞窟に人間の集団が暮らしているようです。まずは岩陰に隠れて観察しました。群れではそれぞれ習慣が異なり、言語も異なりますから、事前に観察して群れの状況を確認する必要があります。下手に出ていって殺されてはたまりません。

観察を続けていると、洞窟から何人かが出てきました。背の高い女たちです。彼女らは、のんびりとした様子で地面に横になると、すらりとした肢体を伸ばして、くつろぎ始めました。どうやら日光浴をしているようです。この危険な時代においてなんとも優雅なものです。

当時は、長い犬歯を持つサーベルタイガーや、獰猛《どうもう》なホラアナライオンなどがいましたから、外で女たちだけで過ごすのは大変危険な行為でした。

にもかかわらず、女たちは暢気《のんき》にキャッキャとはしゃいでいます。しばらくして遠くから誰かが歩いてくるのが見えました。数人の女たちと、聳《そび》えるような大きな肉体を持つ、ひとりの男です。男は肩にヘラジカを担いでいます。

洞窟の前でくつろいでいた女たちが歓声をあげながら、近づいてくる者たちに駆け寄っていきました。

まもなく彼らは洞窟に着きました。

そのあとも次々に人々が戻ってきます。やはり女性が数人と男性がひとりの組み合わせです。狩りをするには、奇妙な組み合わせですが、この群れではそれが慣習のようです。獲物を獲っているグループもあれば、そうでないグループもありましたが、どの群れも平等に歓迎されていました。

この群れは、これまで見てきた群れとはずいぶん違うようだとヤームは思いました。ヤームはもう少し観察が必要だと感じました。群れへの入り方がまずいとのちのち大変になることをよく知っています。

その夜はその場で野営することにしました。前の群れを出るときにアカシカの干し肉を持ってきていましたから、まだ何日かはほかの群れに合流しなくても生きていけます。

洞窟の横には火を熾《おこ》した跡がいくつも見えました。群れの者たちはここで長いあいだ過ごしているようです。当時の狩猟民族は獲物を追ってあちこちに転住するのが普通でしたから、この群れはこの点においても違っていました。

ひょっとしたら、とヤームは思いました。

――この群れには食料を冷凍保存する技術があるのかもしれない。

それは以前からあった噂でした。

冷凍保存の技術は、当時としては画期的なものです。氷室《ひむろ》を利用して食料を長期保存するだけですが、複数の群れで情報を共有することはありませんから、知っているのと知らないのとでは、食料事情はずいぶん異なったのです。

狩猟では当然、獲物が獲れないことがあります。しかし、冷凍保存の技術があれば、不猟のときは保存している食料を食べればよいのです。

ヤームはさらに観察を続けました。

あたりが暗くなると洞窟から何人かが出てきました。それぞれ大きな壺《つぼ》のようなものを持っています。

土器です。そのころすでに人類は土器を利用していました。日本では縄文時代にあたるころです。

洞窟の前の集団は火を熾し、壺のなかの液体を小さな器ですくって飲んでいます。ひとしきり飲んだあと、彼らは歌を歌いながら踊り始めました。

どうやら壺の中身はお酒のようです。当時、人類の一部はすでにアルコールを飲むことを習慣にしていました。

このとき飲まれていたのは蜂蜜酒《はちみつ》です。蜂蜜酒は、蜂蜜と水を混ぜて放置することでつくることができます。

飲酒の習慣を持ったことは、人類とほかの動物とのあいだに一線を画す大きな出来事でした。

フランスの社会人類学者、クロード・レヴィ＝ストロースは、人類が蜂蜜酒を飲むようになったことをこのように述べています。

「それは自然から文化への移行であり、人間の行動を決定づける行為である」

これが同じ人間なのか、とヤームはその光景を見て思いました。彼女らの姿が、厳しい自然のなかで生きるほかの群れとは、あまりにもかけ離れていたからです。

うかれたような男女。女たちは競って男たちにしがみつき、まさしくハーレムの様相を呈しています。

ますますヤームはこの群れに加わりたいと思いました。

さて、ヤーム。

どうすればこの群れに加われるかと考えました。ようやく出た結論は、彼女らの喜ぶ土産を持っていくことでした。狩りの苦手なヤームでしたが、木の実をとることは得意です。

次の日、森に行きますと、干草で編みこんだ袋に木の実を入れていきます。このとき集めていたのはオークの実です。オークの実は古くから人間に食されてきました。渋みがあり、食すためにはいったん粉にしてから水洗いし、あく抜きをする必要がありますが、獣肉と違って長期保存が可能なため、当時は大変重用されていました。味の点では獣肉に劣りますが、獲物が獲れないときには非常に役に立つ食べ物です。

半日以上森のなかを歩き続け、ヤームは袋いっぱいに木の実を集めました。そして意気揚々と洞窟に向かいました。

洞窟の前には誰もいないようです。ヤームは「ヤッピー！」と叫びました。群れによって言葉が異なりますから、獲物を見つけたという意味は伝わりませんが、とにかく彼らの注意を引けばよかったのです。

しばらくすると、ふたりの女が洞窟から出てきました。ひとりは熊の毛皮を、もうひとりは鹿の毛皮を着ています。近くで見る彼女たちの美しさは、まばゆいほどでした。

熊の毛皮を着た女がヤームに何かをいいました。女の言葉はヤームがこれまでに聞いたことのないものでした。

ヤームは、「自分は敵ではない。群れに入れてほしい」という意味の言葉をいくつかの言語で話しました。ドッガーランドでは群れごとに言語が異なっていますが、共通している語彙《ごい》もあり、文法にも緩やかな一致があります。ですから、何種類かの言語を使えば伝わるだろうと思ったのです。

いい終わり、木の実を入れた袋を女に向かって差しだしました。

ふたりの女が袋のなかを見ます。鹿の毛皮を着た女が袋に手をつっこんで木の実をひと摑《つか》みすると、それを嗅いでみました。

熊の毛皮を着た女も袋の木の実を手で触っていましたが、それを投げ捨てるとヤームに近づいてきました。そして、いきなりヤームの顔を平手打ちしました。痩せ細ったヤームはその勢いで倒れてしまいました。

驚いて女を見ます。なぜ叩かれたのか意味がわかりません。せっかく集めた木の実が地面に散らばってしまいました。

ヤームはすぐに立ち上がり、かっとなって相手を睨《にら》みつけましたが、怒りをぐっと抑えます。ここで怒りを爆発させれば協調性のない人間だと思われてしまいます。

ヤームを叩いた女が何かをいいました。その表情と動作から察するに、どうやら女は木の実に不満を持っているようです。

それから女は地面に落ちた木の実を指さして笑い始めました。笑い声につられて洞窟から何人かの女たちが出てきます。

ふたりの女が彼女らに何かを伝え、皆で笑いました。

ヤームは屈辱感を覚えながらも、それを悟られないように威厳を保った顔つきをしました。

熊の毛皮を着た女が、木の実とヤームを交互に指さしながら何かをいいました。その言葉はやはりヤームの知らない言葉でしたが、さすがはヤーム、彼女の表情と態度、声のトーンからその意味を読みとりました。

——もっと大きな土産を持ってきな。そうしたら群れに入れてやる。

このようなことをいっているのだとヤームは解釈しました。

ヤームは胸を張り、平然とした顔つきで踵《きびす》を返しました。ヤームの背中に女たちの笑い声が響きます。

人の気持ちを読みとることに長けているヤームは、同時に人一倍傷つきやすい精神をも持っていました。この時代にしては繊細な精神の持ち主です。

翌朝、ヤームはこれ以上ないほどの大きな獲物を持っていこうと決心し、森に入っていきました。彼女たちのおぞましい笑い声が頭から離れません。

さて、何を狩るべきか。

マンモスはひとりでは難しいでしょうし、サーベルタイガーやカスピトラなど肉食獣では勝ち目がないことはわかっています。

ヘラジカかオーロックスかジャコウウシ、あるいはケブカサイあたりが候補でしょうか。ヘラジカとジャコウウシ以外は現在では絶滅した生き物ですが、いずれも大型の草食動物です。草食動物だったら工夫次第でなんとかなるかもしれません。

ヤームは考えたすえ、落とし穴をつくることにしました。これなら非力なヤームでも捕まえられます。

森のなかで獲物がとおりそうな場所を探すと、そこを掘りました。

数時間後、直径三メートル、深さ二メートルもの穴ができました。そのなかに尖《とが》らせた枝を埋めこみます。葉のついたブナとハシバミの枝を被せて穴を隠しました。

あとは待つだけです。穴のそばにあったブナの樹にのぼって獲物を待ちました。

しかし、待てど暮らせど、獲物はやってきません。

頭上を極彩色の鳥たちが飛んでいくばかりです。野ネズミなどの小動物が罠《わな》の上をとおることもありましたが、そんな小さな獲物は望んでいません。

仕方なく樹からおり、穴に追いこめる獲物はいないかと探しました。しばらく探しましたがいっこうに見当たりません。

ついにヤームは罠を諦めて歩き始めました。こうなれば遠出も仕方ありません。人の住む場所から遠ざかれば遠ざかるほど大物に出会う可能性は高くなります。大物の動物は人間を避けて暮らしているからです。

大きな山をふたつ越え、鬱蒼《うっそう》とした森に入っていきます。森のなかを歩いていますと、前方から唸《うな》り声が聞こえてきました。

槍を構えます。声の大きさからすると、かなり大きな肉食獣のようです。ヤームはぶるぶると震えだしました。大物を獲ると決心したヤームでしたが、肉食獣となると話は別です。とても勝てるとは思えません。

突然、繁みのなかから一匹の大きなサーベルタイガーが飛びだしてきました。体長は二メートル以上、体重は二百キロはありそうなほどの大物です。琥珀《こはく》色の虹彩に浮かぶ漆黒の瞳がヤームにまっすぐ向けられています。

叫び声をあげると、ヤームは近くにあった樹にのぼりました。運動神経の鈍いヤームにしては素早い動きです。

樹のなかほどまでのぼり、枝にしがみついて下を見ます。サーベルタイガーは牙を剥き出し、急ぐ様子もなく、肩を揺らしながら近づいてきます。樹のすぐ下まで来てヤームを見あげました。

と思うと、まるで飛ぶように一気に樹にのぼり始めました。

ヤームはふたたび叫び声をあげ、さらに上にのぼりました。サーベルタイガーも巨体ながら器用にのぼってきます。あっというまにヤームまでの距離をつめました。

ヤームの足にサーベルタイガーの爪がかかろうとした、その寸前、ヤームは目の前にあった枝に飛びつきました。

飛び移った――とヤームは思いましたが、実際、その枝にはヤームを支えるだけの力はなく、ヤームは地面へと真っ逆さまに落ちていきました。

幸い、枝と一緒に落ちたため、枝が先に地面にあたり、衝撃は幾分か軽いものになりました。といってもひどく身体を打ったことには違いありません。ヤームは身体を横たえて呻《うめ》き声をあげました。

サーベルタイガーが一声唸り声をあげたあと、ゆっくりと樹をおりてきます。ヤームは、すぐにでも逃げだしたい一心でしたが、もはや起きあがることもできません。

一番下にある枝の上で、サーベルタイガーがぴたりとヤームを見据えたまま、最後の跳躍をしました。

その瞬間。

ヤームは目を瞑《つぶ》り、手に持っていた枝を持ちあげました。それはサーベルタイガーへの攻撃というよりも防御のためでした。

手に持った枝に衝撃があり、すぐそばで大きな音がしました。

完全にサーベルタイガーに食われる、と思っていましたが、どこも食べられている感覚はありません。あたりは森閑としています。

恐る恐る目を開けてみますと、ヤームの顔のすぐそばで、サーベルタイガーの口に枝が刺さっているのが見えました。枝はサーベルタイガーの頭を貫き、脳天からとびでています。

サーベルタイガーはヤームのすぐそばでぐったりとしていました。どうやら即死のようです。

目の前にあるサーベルタイガーの遺骸を見ても、まだ何が起こったのかわかりませんでした。それほど無我夢中だったのです。

息が整い、ようやく自分がサーベルタイガーを殺したことに気がつきました。偶然の結果ではありますが、大物を仕留めたのです。

実物を目にしてもまだ自分のしたことが信じられません。あらためてそれを見ますと、見たこともないほど大きなサーベルタイガーです。

これを持っていけば、あの洞窟の集団は、きっとヤームのことを見直すはずです。それにしてもこの大きさです。容易に運ぶことはできません。

話すことは得意なヤームでしたが、どれだけ言葉を尽くしてサーベルタイガーを仕留めたといっても信じてはもらえないでしょう。

サーベルタイガーの頭だけ切り落として持ち帰ろうかとも思いましたが、そうすると貴重な肉を残していくことになります。

そのとき、ある光景を思い出しました。それはある群れでのことです。その群れでは獲物を運ぶのに橇《そり》を使っていました。

多くの群れを渡り歩いているだけあって、ヤームには知識があります。

橇の構造を思い出し、枝を数本、一メートルほどの長さで折りました。それを下に並べます。干草の編み靴をほどき、干草で枝を結びます。靴はなくなりますが仕方ありません。

余談ですが人類が靴を履くようになったのは、人類がアフリカを出てユーラシア大陸まで生存の場所を広げたころのことです。寒冷地で生き残るために足を保護する必要があったのでしょう。

さて、作業が終わると、ヤームは石のナイフを使ってサーベルタイガーを解体しました。すべての作業が終わったころには、あたりはすっかり闇に包まれていました。

月明かりのなか、内臓を捨て、残りを橇に載せます。血に染まった肉塊ですが、まちがいなく大物だとわかるはずです。

干草の紐を引いて歩きだしました。

山をひとつ越えたところで突然、虫の音がやみました。

立ち止まってあたりを見ると、月明かりに光る小さな点がいくつか見えます。それらはふたつずつの組み合わせで皆低い位置にあります。

ヤームは橇を引く紐を置いて槍を構えました。何がそこにいるのかわかりました。

ハイエナです。彼らの双眸《そうぼう》が月明かりに照らしだされているのです。

現在ではハイエナは四種しか残っていませんが、当時は十二種が生息していました。

このときまわりにいたのは、そのなかでも、もっとも獰猛なハイエナです。体長は現在のハイエナの一・五倍ほどあります。ハイエナたちはサーベルタイガーの屍肉《しにく》の匂いに引きつけられたのでしょう。

二十頭近くはいるでしょうか。

ヤームは槍を振りまわして大声をあげました。

しかし、ハイエナたちに動じる気配はありません。ヤームが人の感情を読むことに長けているのと同じように、ハイエナたちは相手の強さを感じとることに長けていました。彼らは、ヤームを恐るるに足らずと判断したのでしょう。

彼らの恐ろしさはじゅうぶんに知っていますが、ヤームはその場を離れようとはしませんでした。これを持ち帰らなければ洞窟の群れに加わることができないことはわかっています。そしてこんな大物を仕留める機会はもう二度とないに違いありません。

ハイエナたちを見まわしました。

ヤームにはハイエナに勝るものがあります。それは知恵です。

ヤームは、彼らのなかで一番大きな個体を探しました。ハイエナの群れにはかならずリーダーがいます。そいつを倒せば、ほかのハイエナたちはヤームに恐れをなして逃げだすと考えたのです。

闇に浮かぶ影の大きさを一体一体見ていきます。

見つけました。

ひと際大きく、集団の真ん中に陣どっている個体です。

ヤームは、槍を構えるとリーダーと思しきハイエナに狙いを定めました。そして振りかぶります。思い切り槍をその個体に向けて投げつけました。

ヒュン、と風を切る音がして、槍はその個体のはるか上を越えて暗闇に吸いこまれていきました。

お話ししたようにヤームはかなり運動神経の鈍い男です。いままで槍でウサギを仕留めたことさえありません。ましてや、獰猛なハイエナなどとうてい無理に決まっています。このときのヤームは、偶然サーベルタイガーを仕留めたことで気が大きくなっていたのでしょう。

唖然《あぜん》として槍の飛んでいった先を見ました。槍はどこかの樹にあたったようで、からん、と虚しい音が聞こえました。

もはやヤームに戦う術《すべ》はありません。石のナイフは持っていましたが、それでこれだけの数のハイエナに勝てるはずもありません。

叫び声をあげると、ヤームはうしろに逃げだしました。ハイエナたちはヤームを追ってはきませんでした。目の前にたっぷりと屍肉がありますから、痩せ細った人間を追う必要はないと考えたのでしょう。

ハイエナたちからじゅうぶんに距離をとると、ヤームは途方に暮れて森を歩きました。結局獲物は手に入らず、槍まで失くし、おまけに靴もありません。

あの洞窟の群れには、とうてい加われそうにないとヤームは思いました。あそこに行けば、美しい女たちに囲まれて生涯楽に暮らせることがわかっていますが、大きな獲物が獲れない以上どうしようもありません。

——仕方ない。ほかの群れを探すか……。

ヤームは来た道を戻りました。ほかの群れに交じってそれなりに生きていこうと思ったのです。


明け方近くになり、最初に入った森に戻ってきました。

そのときです。苦しそうな動物の呻き声が聞こえました。どうやら馬の声のようです。

ヤームはその声に向かって走りました。

近くまで来たとき、呻き声は下から聞こえました。そのほうを見ますと、白い馬が穴にはまっています。馬は穴の底に仕掛けた三本の尖らせた枝に身体を貫かれていました。

この穴は——ヤームが仕掛けた罠です。

はからずも馬が罠にかかっていたのです。一瞬喜んだヤームでしたが、よく見ると、その馬はそれほど大きな馬ではありませんでした。小型で、そのうえ痩せ細っています。

——あの洞窟の集団はこれをどう見るだろうか……。

大きなヘラジカの肉を抱えた男を思い出します。あのときの洞窟の女たちは、大変な喜びようでした。洞窟の前でヤームが女たちに木の実を渡したときの光景も思い出します。蔑むような目つき、あざ笑うような顔つき——それらは彼女たちが美しいがゆえに、ひと際鮮烈にヤームの脳裏に焼きついています。

——やっぱり駄目だ……。

ヤームは穴の縁に腰をおろしました。

この痩せ細った馬を持っていったところで、また女たちに馬鹿にされるような気がしたのです。

——どうすべきか……。

陽が昇り始め、朝焼けに真っ赤に染まる空に、大きな黒い鳥が翼を広げて優雅に流れていきます。

しばらくヤームは、ぼんやりと空を見つめていました。

さまざまな形の雲が見えます。どれひとつとして同じものはありません。風の吹き方が異なるのか、遠い雲と近くの雲とでは流れる速さが違います。

そのうち、ひとつの雲が別の雲に重なりました。

それを見て、ヤームの頭にある考えが浮かびました。

——そうか。くっつければいいんだ。

白い馬とサーベルタイガーを組み合わせれば新しい生き物ができそうです。サーベルタイガーはほとんどハイエナに食われてしまっているでしょうが、あの特徴的な牙は残っているはずです。あれをこの白い馬の口につければ恐ろしい生き物に見えるに違いありません。群れの女たちに、このような恐ろしい生き物を獲ったと思わせたらいいのです。接着にはタール池にある天然アスファルトが使えます。洞窟の連中を騙《だま》すことにはなりますが、仕方ありません。

ヤームは、立ちあがると穴の上を枝と葉っぱで覆いました。サーベルタイガーを失った場所に向かって歩きます。

ハイエナたちはもうサーベルタイガーの肉を食べ終わったころでしょう。

山を越えて、ハイエナに襲われた場所に着きますと、思ったとおり、ハイエナたちはすでに立ち去ったあとでした。屍肉はきれいになくなり、骨だけが散乱しています。骨の残骸のなかから頭蓋骨を見つけました。ハイエナたちは骨も嚙《か》んでいたようで、ほとんど原形をとどめていません。彼らは鋭い牙で骨をも砕くことができます。

しばらく骨の残骸をあさっていると、サーベルタイガーの長くて鋭い上顎犬歯が見つかりました。三十センチほどの長さでまっすぐに伸びています。もう一本はどれだけ捜しても見つけることができません。ハイエナたちが嚙み砕いてしまったのかもしれません。

一本だけですが、これをあの馬の口につけると恐ろしい動物に見えそうです。

牙を持つと、馬が罠にかかった場所に戻りました。

罠のそばまでいくと何かの唸り声が聞こえました。樹の陰から覗いてみると、またしてもハイエナです。今度は罠にかかっている馬の死骸を狙っているようです。数頭のハイエナが葉っぱと枝をどかして穴を覗きこんでいます。

どうやら彼らは、穴の底に鋭い枝があることに気づいているようです。ハイエナたちは妙に賢いところがあります。

しばらくハイエナたちを見つめていたヤームは、ついに意を決しました。昨夜はサーベルタイガーをみすみす奪われてしまいましたが、この白馬だけは譲れません。これを失うと、あの洞窟の群れに加わる機会はもう絶望的になってしまいます。

ヤームはサーベルタイガーの牙を右手に持ち、叫び声をあげてハイエナの前に躍りでました。

そこで牙を振りまわし、さらに声を張りあげます。声の大きさなら誰にも負けません。

ハイエナたちは罠にかかった馬に気をとられていたようで、驚いてあとずさりしました。

ヤームはハイエナたちがあとずさったことで自信を深めました。

その勢いのまま一頭のハイエナに向かって牙を振りおろします。あたることはありませんでしたが、ハイエナたちはヤームの迫力にすっかり押されていました。なおもヤームはハイエナたちに向かって牙を振り続けました。近くの石を投げつけることもします。最初ハイエナたちは唸り声をあげてヤームを牽制していましたが、やがてその場から離れていきました。

もしもハイエナたちが反撃してきたならば、ヤームはひとたまりもなかったことでしょう。

ハイエナたちは痩せ細ったヤームと、穴に落ちている、同じく痩せ細った馬を見て、どちらにしても戦って得るほどの価値はないと判断したのかもしれません。

ヤームはその場にへたりこむと、荒い息を吐きました。

しばらくその場で休んだあと、尖らせた枝を避けて穴におり、痩せた白馬を外に出しました。痩せ細っているとはいえ、体重はヤームよりもあります。

馬を背負うとヤームは歩きだしました。全身が不快な臭いに包まれ、背中にはべっとりと馬の血がつきます。それでもヤームは歩き続けました。

あとはこの馬の口にサーベルタイガーの牙を接着するだけです。

タール池を目指します。

疲労で気を失いそうになりながらも歩を進めました。タール池に行くためには大きな丘と谷を越えなければなりません。しかし、ヤームはこの獲物だけは誰にも渡さないと心に誓っていました。

足の裏を血だらけにし、ようやくタール池に辿り着きました。日はかなり高くなっていました。

ヤームの気迫が野生動物にも伝わったのでしょうか。タール池に来るまでハイエナなどの野生動物に襲われることもありませんでした。

タール池は、真っ黒な湖面のあちこちが盛りあがっています。天然アスファルトが固まって膨らんでいるのです。湖面の大部分は歩くことができますが、一部に流動している場所があり、そこから天然アスファルトをとることができます。

ヤームは池のほとりで馬の遺骸をおろしました。大きな葉を持ってタール池の上を歩きます。あたりに漂う硫黄の臭いが鼻をつきました。

流動性のある天然アスファルトに足を踏み入れてしまうと、二度と出ることはできません。そうなると生き物は完全に固められ、長い年月を天然アスファルトのなかで過ごすことになります。

摺《す》り足で、足下を探りながらゆっくりと進みました。

ようやくピチャピチャと音がする場所を見つけました。流動する場所です。屈んでアスファルトを葉に包みます。

それを抱えて岸まで戻りました。サーベルタイガーの牙の根元を天然アスファルトに浸し、馬の口に突っ込みました。固まるまで数十秒待ちます。

待ちながら馬の顔を見ると――どうも恐ろしそうには見えません。どちらかというと滑稽に見えます。

――これでは駄目だ。

ヤームは馬の口から牙を抜きとりました。

もう一本あれば凶暴な顔にできるのですが、残念ながら手元には一本しかありません。

牙を手に、馬の頭を見ながら考えました。馬の頭のあちこちに牙をつけた姿を想像してみます。

――ここだ!

馬の額です。そこにつけると馬の顔は恐ろしげに見えます。

実際、この容貌は当時の人々にかなり強烈な印象を残したようで、のちにこの異形の馬を見た人の口伝えで後世にまで伝わりました。これが、現代ではユニコーンと呼ばれているものの起源だったのです。その証左なのでしょう。ドッガーランドがあった大陸付近には、さまざまなユニコーン伝説が言い伝えられています。

天然アスファルトだけでは固定できそうになかったので、額に穴をあけることにしました。持っていた石のナイフを馬の頭に打ちつけます。ヒビが入ったあと、キリの要領でナイフを回転させます。

牙の根元と同じくらいの大きさの穴があいたところで、再び牙の根元を天然アスファルトに浸し、馬の頭にとりつけました。

ぴたりと穴に収まりました。想像したとおり素晴らしい外観です。

——美しい……。

しばしヤームは、頭に牙をつけた馬に見惚《みほ》れました。

痩せ細って貧相に見えた馬が見違えるようです。威厳があり、恐ろしくもあります。天然アスファルトで馬のあちこちが汚れてしまいましたが、模様に見えないこともありません。

この馬を見せれば、どんな者でも感心するはずです。

ただ、臭いは以前よりひどくなっています。すでに内臓が腐り始めているのかもしれません。

牙をつけた馬を担ぐと、ヤームは歩き始めました。

疲労はすでに限界を超えていましたが、いまのヤームには希望があります。いつの時代も人を行動させるのは希望です。

倒れそうになりながらもヤームは懸命に歩き続けました。

森をひとつ越えたところで別の群れの人間たちに出会いました。あの洞窟の群れの人間ではありません。五、六人の集団で狩りをしていたようです。最初は警戒するような雰囲気を発していませんでしたが、ヤームがひとりでいるのを知って、槍をさげて近づいてきました。

彼らのひとりがヤームに話しかけました。

「これは、お前が仕留めたのか？」

その言葉は以前ヤームがいた群れと同じ言葉だったので、彼が何をいっているのか理解できました。

「そうだ」

ヤームは足を止め、角のついた馬を地面に下ろしました。ここまで休みなく歩いてきたためかなり疲れていました。

彼らは角のついた馬に近づいてきて、しげしげと眺めました。

「こんな馬は見たことがない」彼らは口々にいいました。角に触っている者もいます。

「それには触らないでくれ」ヤームは触っている者の手を角から離しました。

まだ完全には固まりきっていないので、角が外れてしまうことをヤームは心配しました。

「お前はひとりなのか?」最初に声をかけてきた男がいいました。

「ああ」

「どうして、俺たちの言葉がわかる?」

「お前たちの言葉だけではない。いくつかの言葉が話せる」

男はヤームをじっと見つめてからいいました。

「俺たちの群れに入らないか。これからはお前のような賢い人間が必要だ。お前は役に立ちそうだ」

ヤームは驚いて男を見ました。

これまで多くの群れを渡り歩いてきたヤームでしたが、向こうから勧誘されたのは初めてです。それに、これまでヤームが煙たがられてきたヤームの話す能力が認められたのも初めてのことです。

この群れなら狩りが下手なヤームでも貢献できるかもしれません。

見たところ、その群れの連中は友好的で、装備している武器や毛皮からしても、豊かな暮らしをしている群れのようです。

これが、角のある馬を手に入れる前のヤームであれば、喜んでこの群れに入ったことでしょう。

が、苦労してこの角のある馬を手に入れたいま、自分が加わるべきところは、あの美しい女たちの群れ以外考えられませんでした。たとえそれで彼女たちを騙すことになったとしても、それだけの価値が自分にはあると思いました。

加えて、あの群れには冷凍保存の技術があるはずです。あれを持っていない群れはヤームの眼中にはありません。普通の群れならいつだって入ることができるのです。

「俺には行くところがあるんだ」

ヤームは男たちの使っている言葉でそういうと角のついた馬を担ぎあげました。

男たちは残念そうな顔をしていましたが、ヤームは気にせず歩き始めました。

女たちの住む洞窟が見えてきたころには夕暮れになっていました。日の光を背に受け、ヤームは胸を張って歩きました。洞窟の前に人の姿は見えません。

洞窟の前まで来たとき、ヤームは叫び声をあげました。

「ヤッピー！」

誰も出てきません。

「ヤッピー！」もう一度叫びました。

ようやくひとりの女が出てきました。手に槍を持ち、好戦的な顔つきをした女です。ヤームは角のある白馬を地面に置き、両手を挙げました。敵意のない表情をつくります。女は首を傾げ、不思議そうな顔をして馬を見ました。

ヤームは片膝をつき、両手を前に差しだしてそれが贈り物であることを示しました。

女が口に指をあて、指笛を吹きます。

しばらくして洞窟から女たちがぞろぞろと出てきました。男の姿は見えません。男たちは洞窟の奥で寝ているのでしょうか。

女たちは馬を囲んでいろいろな角度から見ています。いままでに見たことがない馬なので驚いているようです。

恐る恐る近づいてきて牙に触る者もいます。

ヤームは馬にとりつけたサーベルタイガーの牙が見破られるのではないかと心配しましたが、女たちがそれに気づいている様子はありません。女たちはこの馬にすっかり魅せられているようでした。

そのうち、洞窟の奥からひとりの女が現れました。ひと際背が高く、とても美しい女です。碧眼《へきがん》で射るようにヤームを見つめています。特徴的なのはその髪で、燃えるような赤色をしていました。その赤い髪が、腰まで伸びています。

皆が通り道をつくると、赤毛の女はゆったりとした身のこなしでヤームに近づいてきました。馬のところまで来て、屈みこんでじっくり馬を観察します。夕日に髪が映え、女全体が輝いて見えました。角の生えた馬も美しく輝いています。ヤームは、もしかしてこの女に偽装が見破られたのかと思いました。寒い日でしたが、汗がつーっと脇の下を流れます。

おもむろに女は立ちあがると、ヤームを見て微笑みました。そして首を洞窟のほうへ向けます。

どうやらヤームに洞窟に来いといっているようです。

ヤームはとびきりの笑顔を返し、赤い髪の女についていきました。まわりの女たちは何もいいません。ただヤームを無表情で見つめているだけです。

洞窟のなかは外から見るよりもずっと広い造りになっていました。女は奥へ奥へとヤームをいざないます。暗くてヤームには何も見えませんでしたが、女はすたすたと先へ進んでいきます。手探りで確認すると、いくつもの横穴があるようでした。

女が立ち止まりました。女はそのなかに入るようヤームに手で示しました。

ヤームはその部屋に入りました。そこはいままでに見たことがないような空間でした。

天井にいくつか穴があり、そこから日の光が差しこんでいます。天井は地上に近いところにあるようです。

地面一面に獣の毛皮が敷かれ、壁にはさまざまな動物の姿が描かれていました。これまで捕獲した獲物の数々なのでしょうか。ほかには人間の男たちの姿もさまざまな角度から描かれていました。多くの群れを渡り歩いているヤームでも目にしたことのないような立派な装飾です。

――やはりこの群れは、ほかの群れより数段進んでいる。

女がヤームに座るように手で示しました。ヤームが腰をおろすと、女はヤームにまたがりました。そしてヤームの髪を優しく撫《な》でつけます。それから全身を触っていきます。女はしばらくヤームを愛撫《あいぶ》したあとで出ていきました。ヤームは天にものぼる心地がして、しばらく動けませんでした。

その日から、ヤームの天国のような暮らしが始まりました。毎日ふんだんな食事がふるまわれ、女たちがかわるがわるやってきては念入りにマッサージを施します。ヤームは毛皮の敷かれた部屋からほとんど出る必要がありませんでした。少しずつ群れの言葉を覚えながら、やはりこの群れには冷凍保存の技術があるのだという確信を深めていきました。まだ自分の目で貯蔵庫を見たわけではありませんが、そうでなければこれほどの食料が次から次に出てくるはずがありません。

赤毛の女は、最初の日以来ヤームに会いにきませんでしたが、ほかの女たちから手に入れた情報によると、角のある白馬をとても気に入っていて、洞窟のどこかに飾っているとのことでした。

ついに努力が報われたんだとヤームは思いました。この群れの者たちを騙すことにはなりましたが、彼女たちは喜んでいます。気にする必要はないと思いました。

ときおり狩りの訓練なのか、洞窟内を走らされたり、槍を投げさせられたりするので、適度な筋肉もついていきます。

狩りの訓練をするということもヤームには初めてのことで、この群れの進んだ考えに感心しました。女たちはヤームに筋肉がつくたびに褒《ほ》めてくれ、ヤームは自分が頼られているのを感じました。彼女たちは皆、たくましい身体つきをしていますが、やはり男手を必要としているようです。

そのような生活が一か月続き、ヤームの細い身体にもようやく肉がついてきました。小柄ではありますが、多少がっしりした体格になりました。

そんなある日のこと、ついに赤毛の女がやってきました。出口に立ち、氷のような無表情でヤームを見つめています。

ひょっとして、馬の偽装がばれたのかもしれないと思い、ヤームの全身が凍りつきました。

——せっかくこの群れの言葉も覚えたのに……。

女が冷たい声で言いました。

「狩りに行くぞ」

ヤームは胸をなでおろしました。

どうやら偽装がばれたわけではないようです。とうとうヤームにも狩りの番がまわってきたのです。いくら冷凍保存の技術があったとしても、いつかは狩りに出なければなりません。とはいえ、ほかの群れのように毎日行く必要がないのですから、やはりここは楽園に違いありません。

——この群れで一生暮らしたい。

ヤームは強く思いました。

そのためにはなんとかこの狩りを凌《しの》がねばなりません。またあの手を使おうと思いました。幸運にも獲物を見つけたときに叫ぶ言葉は、前の群れと同じで「ヤッピー」です。この言葉を叫ぶのは得意です。

大事なことは、誰よりも先に叫ぶことです。後れをとっては意味がありません。頭のなかで自分がそれを叫ぶ姿を思い浮かべます。

——大丈夫だ。

なんといっても最初が肝心です。最初の狩りではいつもより早く叫ぼう。

そんなことを考えながら女のうしろを歩きました。

女はいくつもの角を曲がっていきます。しばらく歩き続けたあと、ある部屋に入りました。ヤームもそのあとに続きます。

そこは小さな部屋でした。ほかに五人の女がいます。

赤毛の女がヤームを見ました。

「いまからお前の身体をきれいにする。これは、狩りをする前の決まりだ」

決まりであれば仕方ありません。ヤームは群れにおける決まりの大切さをよく知っています。

女たちがヤームの着ていた毛皮を剝ぎとっていきます。マッサージのときも裸になっていましたから、不思議には思いませんでした。

裸にされると、女たちが壺のなかの水をすくい、素手で優しくヤームの身体を拭いていきました。赤毛の女は微笑を浮かべてそれを眺めています。

女たちの手で身体を優しく撫でられるたび、ヤームは興奮しました。これだけ大勢の女たちに触られたのは初めてのことです。しかもその念入りなこと。

全身を拭き終わると、赤毛の女がいいました。

「準備は終わった？」

「ウォー」ヤームは答えました。これは、この群れにおける肯定の意味の言葉です。

しかし、その言葉はヤームにだけ向けられた言葉ではなかったようで、ヤームのまわりにいた女たちも「ウォー」と叫びました。

と思うと、女たちはヤームの身体をがっしりと掴みました。

「何をするんだ？」

ヤームはいいましたが、女たちはヤームの身体を強い力で押さえつけています。女たちの手際はよく、まったく抵抗することができませんでした。彼女らは、人間のどこを押さえれば抵抗できないのかをよく知っているようでした。

赤毛の女が、ヤームの正面に立ちニヤリと不気味な笑みを浮かべました。

「これは何なんだ？」ヤームは女に問いました。

赤毛の女は冷たい表情のまま答えました。

「狩りよ」

「狩り？」

「これが、この群れの狩りよ」

そういうと、赤毛の女が正面から襲いかかってきました。ヤームの喉にがぶりと嚙みつきます。

「ぎゃあああああ」

それを合図にして女たちが次々にヤームに嚙みつきました。女たちがヤームの肉を嚙みちぎっていきます。

「やめろ！」

ヤームは叫びながらようやく気がつきました。彼女たちは最初からヤームを食べるつもりで太らせたのだと。だから痩せ細っていたヤームを最初は相手にしなかったのだと。

そう気がついたところで、もはやどうすることもできません。彼女たちはこの作業に熟練しています。

この群れはいつもこうやってほかの群れの男を食べてきたのでした。

女たちは、いつも二、三人で行動し、たくましい男を見つけてきては洞窟に誘い入れて殺します。男たちは狩りの途中であることが多かったので、獲物を持っていることも多々ありました。彼女たちは動物の肉も食べますから、それで困ることはありません。

食料としての男は、一緒に暮らすこともできます。冷凍して保存する必要はなく、欲しいときに食べればよいのです。ときに女たちに喜びを与えてくれることもありましたし、子孫を残すことにも役に立ちました。というわけで男たちはじつに優れた食材なのでした。たいてい狙われるのは筋骨たくましい男たちでしたが、ヤームの場合、たまたまリーダーが角の生えた馬を気に入ったから洞窟に入れたまでのこと。女たちは、あまりいい食材とは思いませんでしたが、太らせればそれなりに食べがいがあるだろうと考えたのです。女たちにとって誤算だったのは、ヤームがなかなか太らない体質だったことです。適度な運動をさせ、潤沢な食事を与えましたが、ここまで太らせるのにずいぶん日数がかかってしまいました。毎日身体を触っては食べごろかどうか確認していたのですが、ヤームの肉体の変化は微々たるものでした。そのため女たちはいらいらしていました。そのぶん食べ方も荒くなります。いつもならもう少し優しく食べるところです。

ヤームが初めての被害者ではありませんでしたが、この群れが人類最初の詐欺集団だったのです。

女たちは激しくヤームを食べています。

ヤームは死ぬ直前、ひと際大きな声で叫びました。

「ヤッピー!」

「獲物を見つけた」という意味の言葉です。身体のあちこちを食べられて意識が朦朧《もうろう》としていたのでしょう。

むしろ獲物を見つけたのは彼女たちのほうです。

「幻獣に角で突かれて男逝く」

ヤームは、彼女たちが冷凍保存の技術を持っていると考えていましたが、まだこの時点では彼女たちはそれを持ってはいませんでした。

彼女たちがその技術を手にしたのは、ヤームが死んだあとのことです。彼女たちは、角の生えた稀少な馬を何とかもとの形のまま残しておけないかと考え、さまざまな方法を試しました。その結果、石をくり抜いて氷室をつくることを思いついたのです。こうして、冷凍保存の技術が生まれたのでした。

彼女たちは角のついた馬を長いあいだ大切に保存して守り神とし、ドッガーランドが沈んだあともそれは残りました。

こうして、北海油田発掘中にこの化石が発見されることになったのです。

ヤームのおかげで冷凍保存の技術ができたとは、なんとも皮肉なものです。

人生とは、いつの世もままならないものであるようでございます。

聖バシレイオスではありませんが、こういいたくなります。

「人間よ、気をつけよ」

本日は、このあたりで終わりにしたいと思います。


〈ジングル、八秒〉


お話は、国立歴史科学博物館の鵜飼半次郎さんでした。

次回は、世界卓球選手権の中継のため、放送日時が変更となります。来週火曜日、深夜一時半からの放送です。ご了承ください。

ナビゲーターは漆原遥子でした。

それではまた次回の放送でお会いしましょう。

ヤッピー！

人類最初の盗聴

皆さま、こんばんは。

今週も始まりました、ラジオ『ディスカバリー・クライム』。ナビゲーターの漆原遥子です。この番組では知られざる人類の犯罪史を振り返っていきます。

第三回目の今夜は、「人類最初の盗聴」です。

お話は、国立歴史科学博物館の鵜飼半次郎さんです。

きのう、取材先の奈良から戻られたばかりで、取材のあいだはずっと、ヘッドフォンで音楽を聴いていたそうです。好きな曲は、ホワイトスネイクの『ヒア・アイ・ゴー・アゲイン』とのこと。どんな曲なのでしょうか。少しだけ気になりますね。

それでは鵜飼さん、お願いします。


〈ジングル、八秒〉

紀貫之《きのつらゆき》は、古今和歌集《こきんわかしゅう》の序文「仮名序《かなじょ》」のなかで、

「生きとし生けるもの、いづれか歌を詠まざりける」

と記しています。

これは、この世に生を受けているすべてのものの、どれが歌を詠まないといえるだろうか、という意味です。

かように歌とは自然発生的なものであり、さまざまな人が詠んできました。

古往今来、世界各地に多くの歌の形式がございます。紀元前五七年から九三五年まであった朝鮮半島南東部の国、新羅《しらぎ》にも歌がありました。それは「郷歌《きようか》」と呼ばれているものです。

のちに新羅は高麗《こうらい》に滅ぼされ、高麗初期に郷歌の伝統は廃れてしまったため多くの歌は残っていません。歌人も多くは知られていませんが、ただ、そのなかにひとり、奇妙な出自の歌人がいます。

彼は、倭人《わじん》——つまり日本人でした。その地で彼は歌の名人とまで呼ばれる存在になっていたのです。

いかにして、日本人が古代の朝鮮半島において歌人になったのでありましょうか?

そこには、歴史を動かした、ある道具を使った盗聴事件が深くかかわっていました。

それは「人類最初の盗聴事件」です。

今夜は、皆さんを飛鳥《あすか》時代の日本へとお連れいたしましょう。

〈篳篥《ひちりき》の調べ、十五秒〉

それは、いまから千三百年ほど前、都《みやこ》が奈良の飛鳥にあったころのこと。

主人公は海老丸《えびまる》と申す若者。朝堂《ちょうどう》――現在でいうところの役所に勤める官人《かんじん》でした。

彼は早くに両親を亡くし、伴侶はおりません。冠位は低く、ほとんど雑用ばかりをしていました。

しかしながら海老丸、計算が速くて正確なことで重宝されていました。当時の後飛鳥《のちのあすかの》岡本宮《おかもとのみや》では十四の朝堂があり、海老丸が勤めていたのは、戸籍と税を管理する、民部省《たみのつかさ》の朝堂でした。

このころすでに九九が中国より伝わっていました。当時の遺物のなかに九九を何度も書いて練習した木簡《もっかん》が見つかっています。税の計算を記した木簡も多数見つかっていますが、なかには計算を間違って多く見積もっているものもあり、いまさら払い戻しはできませんけれども、ややいい加減なところもあったようです。

いつの時代も役人は計算を間違うようでございます。

計算ともうひとつ、海老丸が朝堂で重宝されていた理由に和歌があります。当時はことあるごとに歌を奉納する儀がありました。そのため下っ端の官人であっても歌がうまい者にはその役がまわってきました。海老丸の歌は大変評判のよいものでした。

現在のように多くの娯楽がない時代、儀で詠まれる歌は大変評判になりました。歌は長く詠み継がれ、大勢の心を楽しませることになるのです。

しかし海老丸、じつのところ歌をつくったことは一度たりともありません。奉納する歌は、すべて亡くなった父がつくったものでした。

彼の父は歌づくりが大変上手な人で、膨大な数の歌を木簡に書き遺していました。海老丸自身は歌にはまったく興味がなく、そのなかからよさそうなものを選んで奉納していただけです。

さて、ある日のこと、海老丸は上官に呼ばれて席を立ちました。仕事の話だろうと思ってついていきますと、意外な人物に引き合わされて驚きます。

内臣《うちつおみ》の中臣鎌足《なかとみのかまたり》——のちの藤原《ふじわらの》鎌足です。黒の冠《かんむり》と袍《ほう》を纏《まと》い、角張った顔に白髪交じりの髭を蓄え、対面する者を怖気づかせる雰囲気を持っています。

海老丸は思わず顔を伏せました。内臣といえば朝廷で二番目の地位にいる人です。当時は、斉明《さいめい》天皇が崩御し、次期天皇である中大兄皇子《なかのおおえのおうじ》が即位しないまま政務を執る、いわゆる称制の時代でした。中大兄皇子には大海人皇子《おおあまのおうじ》という弟がおりますが、政《まつり》には参加させず、鎌足が多くの政務を担っていました。

「そんなに恐縮せずともよい。顔をあげよ」

鎌足が野太い声でいいます。

いったんは顔をあげた海老丸でしたが、またさっと顔を伏せます。

鎌足が続けます。

「爾《なんじ》は歌を詠むのがうまいそうじゃな」

「ええ……まあ」

「そこでじゃ、爾に七日後におこなわれる遷都《せんと》の儀で、歌を詠ませたい」

海老丸は驚いて鎌足の顔を見ました。いっていることがよく飲みこめなかったのです。

当時は帝《みかど》が変わるたびに遷都がおこなわれました。遷都とは都の引っ越しのことです。

確かにその時期、民のあいだで都が遷《うつ》されるという噂が流れていました。遷される場所は誰も知らず、海老丸はたんなる噂であろうと思っていましたが、内臣から遷都の儀の話が出たということは、どうやらまことの話であるようです。

とはいえ、なぜそんな大切な儀に自分が歌詠みとして指名されるのかわかりません。

恐る恐る尋ねます。

「……詠むというのは、つくるという意味でございましょうか?」

「そうじゃ。儀の場で歌をつくって朗誦《ろうしょう》するのじゃ」

「……」

海老丸は黙りこみました。

このような大きな儀においてこれまでその役を担ってきたのは、宮廷の女流歌人、額田《ぬかたの》王《おおきみ》です。自分がそんな大役をこなせるとはとても思えません。

海老丸は顔を伏せながらいいました。

「大変名誉なことではありますが、吾《わ》にはもったいない話です。とうていそのようなことはできないかと存じます」

「何、できぬと申すのか」

鎌足は声をあげました。

「いえいえ、あまりにもったいない話で……」

隣にいた上官が海老丸の肩を叩きます。

「何を申しておる。いつも吾がいっておるではないか、爾の歌はすばらしいものぞ。遠慮するな」

「はあ……」

鎌足が凄みます。

「これは中大兄皇子の御下知《おんげじ》である。爾は受けるしかないぞな」

上官が相槌《あいづち》を打ち、ふたりは海老丸を残して去っていきました。

海老丸は顔面蒼白になってその場に凍りつきました。

——遷都の儀で歌をつくって朗誦……。

遷都の儀となれば皇族、豪族、官人等錚々《そうそう》たる顔ぶれが居並びます。そんなところで歌を即座につくって朗誦することなどできるはずもありません。なにしろ歌をつくったことが一度もないのです。

さりとて、皇子の御下知に逆らうこともできず、途方に暮れたのでした。

退堂までのあいだ、仕事をしながらほとんど遷都の儀について考えていました。何度も文字を書き損じては、そのたびに刀子《とうす》で木簡を削ります。当時の官人にとって刀子は必須の道具でした。古代の下級役人のことを刀筆《とうひつ》の吏《り》と呼ぶのはこのためです。

正午の刻を知らせる鼓が鳴ると、海老丸はほとんど飛びあがるようにして立ちあがりました。この役目を仰せつかるとなったらすることが多くあります。何はともあれ歌をつくらねばなりません。

当時の役所は昼には仕事が終わりました。日の出から正午までが一般的な勤務時間だったのです。羨ましいと思う方もおられましょうが、下級の官人ともなると、朝堂の仕事だけでは食べてゆけず、そのあと畑仕事をする者や、寺で写経の内職をする者もおりましたから、実質労働時間はまだ続きます。

海老丸の場合、父の遺した歌を奉納することで報奨がもらえたため、ずいぶん助かっていました。

上官へ帰宅する旨を伝えると、そそくさと朝堂をあとにしました。

木塀に囲まれた粗末な掘立柱建物《ほったてばしらたてもの》に戻り、父の木簡を収めた木箱をひっくり返します。思ったとおり、遷都に関する歌は見つかりません。引っ越しに関する歌は何首か見つかるものの、都の引っ越しに相応《ふさわ》しい歌ではありません。

「さて、困ったことになったぞ」

床に寝転んで天を仰ぎました。目に映るのは蜘蛛《くも》の巣の張った木張りの天井です。むくっと起きあがると、玄米と胡瓜の塩漬けをかきこみ家を出ました。向かった先は伯母の家です。伯母は父の姉にあたる人で、もとは官人でしたが、いまは引退して、ひとりで農作業をして暮らしています。

伯母が父と同じように歌をよく詠んでいたことを思い出したのでした。

「久しぶりじゃの」

伯母がしわがれ声でいいます。

「まことに……お久しぶりでございます」

伯母は鋭い目でじろりと海老丸を睨《にら》みつけました。日に焼けた浅黒い顔で目だけが異様に白く見えます。気性が激しく、話せば辛辣なことばかり口から出てくるので、海老丸はこの老女が苦手でした。唯一の肉親ですが、なかなか会いに行かなかったのもこの気性の激しさゆえのこと。しかし、いまはそんなことをいっている場合ではありません。

「何用で来たのじゃ」

「じつは……」

今度都が遷ること、その際自分が歌をつくって朗誦せねばならないことを話しました。

ふたたび伯母がじろりと睨みます。

「それがどうしたのじゃ」

「それで……吾は歌をつくったことがありませぬゆえ、伯母上に歌をつくってもらえないかと……」

ふん、と伯母が鼻を鳴らしました。

「まあ、よい。つくってやろう。で、見返りはなんじゃ」

「見返りですか……」伯母は身内であるため見返りのことなどはまったく考えていませんでした。

海老丸は尋ねました。

「何がよろしゅうございますか？」

「そうじゃな」日焼けして、垢《あか》じみた人差し指を伸ばしてみせます。「これだけ、もらおうかの」

「それはどういう意味で？」

「一回分の季禄のことじゃ」

季禄とは官人の給料のことです。といっても毎月もらえるわけではありません。当時は年に二回、二月と八月だけに支給されました。現在でいうと、ボーナスだけもらうような感覚でしょうか。まだ貨幣が流通していませんから、給料は品物で払われます。あしぎぬ、綿、布、糸です。官人はそれらを市などで食料に交換して日々の生活を送ります。

「季禄一回分でございますか……」

頭のなかでこれからの日々のやりくりを考えました。いまは三月で季禄をもらったばかりですから家計は潤っています。が、次の季禄がなくなってもやっていけるかと問われると、答えは否です。今度の季禄を失えば当分何も食べられない日が続くことになります。

「不満ならばよい。爾が自分でつくればよかろう」

伯母が立ちあがりかけました。

「待ってください」海老丸は伯母の服を摑《つか》みました。

遷都の儀において歌がつくれなければ、どのような運命が待っているかわかったものではありません。当時官人の処罰はおもに遠方へ飛ばされる形でおこなわれました。

それは海老丸のもっとも恐れることでした。彼は飛鳥の地に生まれ、飛鳥で育った男です。九九以外とりえのない自分がほかの場所で暮らしていけるなどとはとても思えません。現在と違い中央と地方とではまるで生活が異なります。それこそ外国へ行くようなものです。土地土地の方言や文化の差異は著しく、地方へ行けばまるで勝手が違います。

あるいは、それ以上の罰が与えられる可能性もあります。遷都の儀は、中大兄皇子肝いりの儀です。そんな大切な儀を台無しにでもすれば、それこそ命がないかもしれません。

中大兄皇子は、かの名高い乙巳《いっし》の変《へん》において蘇我入鹿《そがのいるか》を謀殺したと聞いています。なんでも、問答無用で入鹿の首を切り落としたとのこと。その後、誰も皇子に逆らえなくなりました。近ごろでは皇子はすべての政をひとりで決めているともっぱらの噂です。

海老丸は床につかんばかりに頭をさげました。

「その条件でお願いいたします」

「よかろう」伯母が座り直しました。「それともうひとつ、そのような儀で歌を奉納するとなれば報奨が出るであろう。それもいただく」

海老丸が顔をあげます。

「報奨も、でございますか……」

もともと朝堂で働いていただけに伯母は儀についてよく知っています。確かに遷都の儀で歌を詠むとなるとそれなりの報奨が出るはずです。

「……いいでしょう。そのかわりよき歌をお願いします」

「そうじゃな」

伯母は何も食べてはいないはずなのに口をもぐもぐとさせました。

「いつまでにつくればよいのじゃ?」

「七日後に儀がおこなわれますゆえ、それまでに。できれば早くにいただけると助かります」

朗誦せねばなりませんから、その練習の時間も必要だと考えました。皇子の前でいい間違いは許されません。

「わかった。で、都はどこに遷るのじゃ」

そこで海老丸、はて、と首を傾げました。遷都の儀に歌を詠むことで頭がいっぱいになり、そんなことまでは考えていなかったのです。

「わかりませぬが、どこか遠いところではないでしょうか」

伯母が怖い顔をして睨みます。

「それがわからぬようでは歌がつくれぬではないか」

海老丸は驚いて伯母を見ました。

「どうしてですか？」

「歌は心ぞ。どこに行くかわからぬのにつくれるものか」

「はあ……」

鎌足に命じられたとき聞いておけば、と後悔しました。

「わかりました。また来ます」

伯母の家を飛び出すと朝堂に向かって駆けました。

朝堂は夕刻になると門を閉じます。まだ昼過ぎですからしばらくは閉まりません。が、急ぐにこしたことはありません。

民部省の朝堂にはもうほとんど人は残っていませんでした。数人が書き物をしているだけです。官人のなかには残業する者もおります。とくに公地公民制が始まって以来計算することは山ほどありましたから、望めばわずかばかりの禄と引き換えに残業することもできたのです。

海老丸を中臣鎌足に引き合わせた上官を見つけ、駆けよりました。

「どうした、海老丸、そんなに汗をかいて」

「あの……聞きたいことがあるのですが、遷都の行き先はどこでございますか」

「そのことか。それはな、吾も知らんのだ」

「え、ご存じない？　それでは誰が知っているのですか」

上官はニヤリとしました。

「まだ誰も知らんのだ」

「そのようなことがあるのですか？」

都を遷すとなると国家の一大事です。誰も都がどこに遷るのか知らないなどということがあるのだろうかと思ったのです。

「皇子みずから七日後の遷都の儀で発表なさるそうだ」

「それでは不便ではないですか」

遷都の儀が終われば皇族はすぐさま引っ越しをしなければなりません。そのためには先に邸《やしき》をつくっておく必要があります。ほかにももろもろ準備が要るはずです。

上官が話します。

「必要な分の工事は秘密裡《ひみつり》に進んでおるはずじゃ。であれば問題ない。民が遷るのはもう少し先のことになる。まあ、誰も知らぬとはいえ、鎌足殿と中大兄皇子は知っておられるであろうな。おそらく朝堂で知っているのはあのお二方だけであろうぞ」

「鎌足殿はどこにおられますか?」

「吾はそんなことは知らぬ」

海老丸は、上官の言葉を聞くか聞かないかのうちに走り出しました。伯母の気が変わらないうちに遷都先を聞き出す必要があります。なによりも自分自身が一刻も早く歌を手に入れて落ち着きたい気持ちがありました。

朝堂のなかで知り合いを見つけては鎌足の居場所を尋ねます。

「鎌足殿は大殿《おおとの》におられるぞ」

ひとりの知り合いが答えました。

大殿は朝廷の正殿であり、帝が執務をする場所です。海老丸はなかに入ることを許されていませんので大殿の外で待ちます。

二刻（一時間）が過ぎたころ、大殿から鎌足が出てきました。

「中臣様、お話がございます」

普段なら内臣ほどの上級官僚に話しかけるなど恐ろしくてできませんが、今朝話したことで度胸がついています。

「なんだ？　爾は歌詠みではないか」

「は、そのことですが、ひとつお聞きしたいことがございます」

「いってみろ」鋭い目で鎌足が睨みます。

海老丸は震える声で尋ねました。

「せ、遷都のことですが、行き先はどこでございましょうか？」

「なぜそのようなことを知りたがる」

「う、歌を詠むのに知っておいたほうがよろしいかと思いまして」

鎌足は髭を毟《むし》るようにごりごりと伸ばしました。

「爾は知らなくてもよい。遷都の儀で、皇子がいうてくださる」

「ですが、念のために……」

鎌足が海老丸の襟をぐっと摑みました。斬られるのかと思い、海老丸は思わず身を固くしました。が、鎌足はただ顔を近づけただけでした。

鎌足が低い声で話します。

「歌は心ぞ。魚は釣ったすぐあとが美味である。爾も皇子のお言葉に触れたすぐあとに感じたままを詠めばよい」

「ご、ごもっとも……」

歌は心、とは伯母と同じことをいいます。

「よいな」

そういい残すと鎌足はさっさと歩いていきました。多くの舎人《とねり》がそのあとをついていきます。

海老丸は弱りました。鎌足から聞き出せないとなると、もはや遷都の行き先を知っている者はいなくなります。まさか中大兄皇子から直接聞くわけにもいきません。

——さて、どうしたものか……。

朝堂を出てとぼとぼと歩きました。

遷都の先がわからなければ、きっとあの頑固な伯母は動いてくれないでしょう。このままでは本番当日に自分で歌をつくるはめになってしまいます。

はたしてどんな歌をつくってよいものやらまったく見当もつきません。いままで一首たりともつくったことのない海老丸です。

——いったい、どうしたらいいんだ……。

飛鳥川の土手にひとり座って考えました。飛鳥の地が夕陽に染まりつつあります。遠くで烏が鳴きながら飛んでいきます。

何とか遷都先を知る方法はないだろうか……。

——そうだ。

占い師に尋ねてみようか?

ふと心に浮かびました。当時占いは現在よりもずっと信頼されていました。戦や縁談も占いなしには進められません。

心当たりのある人がひとりいます。

その人は、町はずれに住む、新羅からやってきた占い師です。その占い師は、年老いてはいますが、かつてはかなり優秀だったと聞いています。宮廷でも重宝され、大海人皇子をはじめとする、多くの皇族にも信頼されていました。

それほどの人ですが、白村江《はくすきのえ》の戦いのあと、町はずれに追放されてひっそりと暮らすようになっています。白村江の戦いは、倭・百済《くだら》の連合軍と唐・新羅の連合軍の争いだったため、倭と新羅の関係が悪くなったのです。そのため倭にいる新羅人は虐げられるようになりました。

都にはほかにも優秀な占い師がいますが、もしも鎌足にそれが知られたら厄介なことになります。あれほど歌の心を説かれたあとです。

それに都の占い師では金がかかります。貨幣はまだ流通していませんから品という意味ですが、伯母に支払うことを考えると手もとにあるものを残しておかなければなりませんから、とうていそんな余裕はありません。

老人はいまは自給自足で暮らしているといわれています。

「なに、遷都の先を占えとな」

老人の名は、詮嵩《せんすう》といいます。噂どおり、自給自足の生活をしているようです。

「まあ、とにかく家で話すか」

詮老人は畑に鍬《くわ》をいれているところでした。見たこともない作物が並んでいます。新羅伝来の種で何かつくっているのかもしれません。

小屋は海老丸の家と同じで掘立柱建物でした。あたりに人家は一軒もなく、海老丸はここに来るまでにあちこちで道を尋ねなければなりませんでした。

小屋のなかは一間だけです。囲炉裏の前で待っていると、詮老人はどこからか木製の一尺四方の四角い板を持ってきました。板には海老丸には読めない文字が刻んであります。

これは式盤《しきばん》と呼ばれる、占いに使う道具です。

盤の上に棒のようなものを置くと詮老人は顔をあげました。無言のまま海老丸をじっと見つめて何かを求めるような顔をしています。

海老丸はてっきり見返りのことを知りたいのだな、と思いました。

居住まいを正して頭をさげました。

「吾は何も持っておらぬゆえ、差しあげるものはございませんが、見たところ農作業をしているご様子。暇を見つけてその作業を手伝うことで占ってはいただけないでしょうか」

詮老人はしばらく黙っていたあとで声を出して笑いました。

「見返りなんぞはいらん。吾は隠居の身、ただで占ってやろうぞ」

海老丸、さらに頭をさげました。

「あり難きことでございます」

それから詮老人は、何やら式盤をいじったり、横に置いた直方体の箱を振って棒をとり出したりしました。

長い時間が過ぎます。ときおり険しい顔をし、また箱を振っては棒を出し、それを盤に載せて唸《うな》ったりします。

そこで何がおこなわれているのかわからないまま、海老丸はただ詮老人の作業を見つめていました。

ふいに詮老人が顔をあげて海老丸を見ました。

「爾、新羅をどう思うな」

突然そのようなことをいわれても考えたこともありません。

「詮殿の祖国だと聞いておりますが……」

「そうじゃ。それで爾はどう思う。住んでみたいと思うか？」

「住む、とはどういう意味ですか？　どうして吾がそのようなところに住むのですか？

……これは遷都に関係のあるお話なのですか？」

むむ、と詮老人は唸り、また式盤の上にある円盤をまわしました。

その作業はそれからもしばらく続きました。

──大丈夫だろうか？

海老丸は不安な面持ちで詮老人を見つめました。

一刻ほど過ぎ、ようやく詮老人が顔をあげました。そこに難しい色があるのを海老丸は見てとりました。

静かな口調で詮老人が告げます。

「遷都の先はわからぬ。皇子の心次第だ。あるいはまだ決まっておらぬかもしれんな」

「まだ決まってない……そのようなことがあるのでしょうか？」

「何しろ、大唐に戦を仕掛けたお方じゃ。そういうこともあるかもしれん」

「そんな……」

海老丸は絶句しました。

占いでもわからないとなるともはや絶望的です。何も頼るものがありません。

詮老人が顔に薄い笑みを浮かべました。

「だがな、知る方法がまったくないわけでもない」

海老丸は詮老人の顔を見つめました。

「それはどういった方法ですか？」

「爾は、糸脈《いとみゃく》を知っておるか？」

「糸脈？　存じあげません」

これまで聞いたこともない言葉です。

「糸脈とはな、古くから大陸に伝わる技術じゃ。唐の帝が病に臥《ふ》したとき、脈をとらねばならぬが、唐では医者は忌み嫌われておってな。帝をじかに診ることはできぬ。そこで帝の手首に糸を巻きつけて、その糸の震えで脈をはかったといわれておる」

海老丸は黙って話を聞きました。不思議な話ですが、話の行方がわかりません。

「でな」詮老人が続けます。「直接面して具合を聞くこともできぬから、糸を使って帝と話を交わしたと、ものの本にある」

「はあ……」

そこまで聞いても詮老人が何をいいたいのかわかりませんでした。

「ということはじゃ」詮老人が続けます。「糸を使えば遠くから誰かの話を聞くことができるということじゃ」

「まことにそのようなことができるので？」

「吾は試したことがないからわからんが、竹筒にごく薄い板を張り、その板に糸をつけて、もう一方の糸の先に同じものをつけると、そのようなことができるらしい」

「はあ……」

「そこでじゃ、爾がこの仕掛けをつくって皇子の邸の窓に仕込めば、皇子には気づかれずに皇子の声を聞くことができるというわけじゃ」

海老丸は驚いて詮老人を見返しました。

それはとんでもない話です。皇子の邸には幾人もの舎人がおり、警護の者もおります。

「皇子の邸に……そのようなこと、できるはずもございません」

「若者、恐れるでない。その仕掛けは皇子がおらぬときにつければよいだけじゃ。糸を長くすれば遠くからでも皇子の声を聞くことができる。見つかったときは糸を切って逃げればよい。皇子が何を話しているかを聞くことができれば遷都先の見当をつけることができるであろう」

「だとしても……」

自分が皇子の邸に忍びこんで蔀戸《しとみど》に竹筒をつけるさまを思い浮かべました。

やはりとんでもない行為です。

「お、遅くなったので、もう帰ります。ご面倒をおかけしました」

海老丸は立ちあがると、逃げるようにして詮老人の小屋を出ました。

それから四日経ち、海老丸はあちこちに出かけていって話を聞いたり、できるかぎり皇子に近い人に尋ねたりしましたが、まだ遷都先を知ることができずに悩んでいました。

昼に仕事を終え、どうしようかと思いながら帰っているところに同僚が話しかけてきました。

「海老丸、爾はまだ鎌足殿の居場所を捜しておるのか?」

彼は先日鎌足の居場所を尋ねた者でした。鎌足ほどの地位にいると毎日宮廷に来ることはありません。おそらくきょうは来ているのでしょう。

「いや、それはもういいのだ」

鎌足に会ったところで遷都先を教えてもらえないことはすでにわかっています。

「そうなのか。吾も近ごろ鎌足殿が朝堂に見えないのでどこにおられるのかと思っていたんだがな。なんでも最近、夜に皇子と板蓋宮《いたぶきのみや》に行っているようなのだ」

板蓋宮とは中大兄皇子の母である斉明天皇が営んだ宮のことです。十年ほど前に焼失して、いまは何も残っていません。場所は、現在の宮から飛鳥寺を越えたところにあります。

「あそこにはいまは何もないのではないか？」海老丸は訊きました。

同僚が頷《うなず》きます。

「ああ、ほとんどは焼け落ちてしまっているが、東の方《かた》の建物がまだ残っていてな、夜になるとそこに中大兄皇子とふたりで籠って話をしているそうだ」

「東の方の建物……なぜそのようなところで話し合っているのだろう？」

「そりゃ、遷都先を聞かれたくないからであろうな」

なぜそれほど遷都先を秘するのかわかりませんが妙な話です。互いの邸で話せばよいものを、という気もしますが、当時は一族で住むのが普通でしたから、家族の者にも聞かれたくないのかもしれません。海老丸にはまるでわからない世界でしたが、皇族は身内同士で争うことが多々ありました。

宮を出ると、飛鳥寺の東をまわり、板蓋宮の跡地へ行ってみました。なるほど、ひとつだけ高床式の倉庫が残っています。

同僚は、夜に中大兄皇子と中臣鎌足がやってくるといっていました。いまは昼過ぎですからまだ時間があります。

一度家に帰り、夕方になってからもう一度その倉庫に戻りました。倉庫から離れた藪《やぶ》のなかに伏せて、誰かがやってくるのを待ちます。

かつて蘇我蝦夷《えみし》と入鹿親子の巨大な邸宅があった甘樫丘《あまかしのおか》が真っ赤に染まり、日が沈みかけたころ、何人かが馬に乗ってやってくるのが見えました。多くの舎人を伴っているところからしてかなり身分の高い豪族のようです。

集団が馬をおりると、そのなかのひとりが倉庫に入っていく姿が見えました。

——あれは鎌足殿だ。

鎌足の舎人らしき者たちが倉庫の前に立って警備をします。

それからまもなくして甲高い声が聞こえてきました。また馬に乗った一団です。

その声を聞いて、すぐに中大兄皇子だとわかりました。あの特徴的な高い声は以前耳にしたことがあり、よく覚えています。

一団はやはり倉庫の前でとまりました。皇子が馬をおり、そのなかに入っていきます。

倉庫のなかには鎌足と皇子がいるだけです。

海老丸は藪のなかで身を伏せたまま倉庫を観察しました。

すっかり暗くなったころ、鎌足と皇子が外に出てきました。

「それではまたあすの夕刻に」

語尾をあげる高い声が聞こえました。

「はっ」

鎌足が深々と頭をさげて見送ります。

皇子の一団が馬に乗って去り、鎌足も舎人と一緒に倉庫を離れていきました。

皆が去ったあと、海老丸は窓を見あげました。格子の嵌《はま》った窓が高い位置にあります。

――もしもあそこに新羅の老人がいっていたような仕掛けをとりつけることができれば……。

あしたふたりが来る時刻もわかっています。

海老丸は自分のうしろを見ました。そこは藪になっています。そこまで糸を伸ばせば隠れながら皇子たちの話が聞けるかもしれません。

あの新羅の老人のいっていることがまことのことであれば――の話ですが。

日は暮れていましたが、詮老人の小屋に行くことにしました。

「どうした、若者」

詮老人はすでに床についているようでしたが、起きあがって囲炉裏に火を熾《おこ》しました。

部屋が明るくなります。

海老丸は頭をさげました。

「先日はご無礼いたしました。やはり、あの仕掛けのつくり方を教えてはいただけませんか」

「ついに皇子の邸に忍びこむことを決心したのか」

「いえ、皇子の邸ではございません」

海老丸は板蓋宮で皇子が鎌足とこっそり会っていることを話しました。

「その倉庫に仕掛けようかと思っております」

詮老人は布団を片づけ、奥から何かを持ってきました。海老丸の前にそれを置きます。

長い糸の両端に竹筒のついたものです。

「これは……」

「このあいだ話した仕掛けじゃ」

「詮殿がつくったのですか?」

「吾は占い師ぞ。爾が来ることはわかっておったわ」

「……はあ」

そこまでわかるならどうして遷都先がわからないのか、という気になりますが口には出しません。あと少しで遷都先がわかりそうなのです。ここで詮老人に気を損ねられては困ります。

「使い方を話すからよく聞くのじゃ」

詮老人が竹筒を手にして説明します。もったいぶったいい方でしたが、ただ糸を伸ばして竹筒の先に耳をあてるだけのようです。これなら海老丸にも使えそうです。

「気をつけねばならぬことはな、糸をピンと伸ばすことじゃ」

「弛《たる》ませてはならぬということですか?」

「そうじゃ。ひとつやってみよう」

ふたりは外へ出て、それぞれに竹筒を持って離れました。

月の明るい夜です。

詮老人の畑をちょうど挟むようにして立ちました。四間《けん》ほどの距離でしょうか。現在の単位に直すと七メートルほどの長さです。

「それを耳にあてよ」詮老人がいいます。

いわれたとおり竹筒を耳にあてますと、反対側で詮老人が竹筒を使って話しました。

〈聞こえるか、海老丸〉

驚いたことに、その声はまるで近くから囁《ささや》かれたようにはっきりと聞こえました。詮老人はそれほど大きな声を出していないようでしたが、何をいっているかもしっかり聞きとれます。

「聞こえます！」海老丸は詮老人に向かって叫びました。「栓殿、これはどこまでも長くしてよいのですか？」

詮老人は竹筒をとおして話しました。

〈糸を弛ませないならば、どこまで伸ばしてもよい〉

板蓋宮の跡地にあった倉庫から身を隠すことのできる藪までは、もう少し長さが必要な気がします。あそこは五間は離れていたでしょうか。

小屋に戻り、念のため糸の長さを六間まで伸ばしました。

「これを夜のうちに仕掛けておいて昼間は弛ませておけば見つかるまい。夕刻になって爾がその場所へ行き、糸を伸ばせばよい」

「感謝いたします」

頭をさげて受けとった海老丸は、さっそく板蓋宮に向かいました。

月夜のなか、倉庫の裏にまわり、竹筒を口にくわえて壁を登りました。ぎしぎしと音がします。管理されているとはいえ、ところどころ黒く焦げたあとが残っていました。

高窓まで行き、格子のあいだに竹筒を差しこみました。それを端にひっかけて固定します。壁をおりると、糸を緩めた状態で反対側の竹筒を藪の近くの地面に置きます。藪に隠したいところですが、弛ませるとそこまでは届きません。しかし、もし昼間誰かに見られてもただのごみとしか思われないだろうと思いました。

さて次の日。

正午が過ぎ、海老丸は家に戻ると無理に気を落ち着かせようとして過ごしました。遷都の儀まではあと二日。あすは皇族たちの宴がありますから、皇子と鎌足が話し合う時間はないはずです。つまりは、きょうを逃すともう遷都先を聞く機会はないということです。とはいえ、皇子の話を盗み聞きすることは大それた行為です。いまさらながらに海老丸は恐れを抱きはじめました。

――もし、見つかればどのようなことになるのだろう……。

皇子も鎌足も激怒することは間違いありません。

ですが、遷都の儀において歌を詠めなかったことを考えてみても恐ろしくなります。

――自分なりに下手な歌を詠んでなんとかやり過ごそうか。

そんなことも思います。

とはいえ、いままで一首たりともつくったことがないのです。つくり方さえわかりません。

額田王にしても伯母にしても、そもそも歌をどうやってつくるのだろうかと不思議な気持ちになりました。

やはり、どうしても遷都先を知る必要があります。

――見つからなければよいだけだ。

海老丸は夕刻になるかなり前から板蓋宮のそばの藪に行きました。そこで身を伏せて待ちます。まだ竹筒はとりません。暗くなってからでないと宙に伸びた糸が見えてしまいます。

待ちながら、なぜ自分はこんな目に遭うのだろうかと考えました。父の歌を拝借したことがよくなかったのでしょうか。

父の志を汲《く》むため、などと自分では思っていましたが、その行為によって恩恵を受けていたことは否めません。そのおかげでこれまでずいぶん報奨をもらってきたのです。

――天罰かもしれぬ……。

こんなことを考えて海老丸は過ごしました。

ようやく日が傾いてきました。飛鳥盆地が赤く染まります。きのうと同じように中臣鎌足がやってきました。

海老丸は草の陰からその様子を眺めました。

ひとりの舎人が倉庫の裏にぶらぶらと歩いてきます。きのうは来なかったのに、きょうにかぎって裏にまわってくるようです。

――まずい。

海老丸は伏せた姿勢のままうしろにさがりました。

舎人はあたりを見まわすと、草むらに近づいてきます。海老丸はぐっと身体を沈めて息を殺しました。

舎人は草むらの前まで来ると、括袴《くくりばかま》をさげて小便を始めました。

小便の流れる音が聞こえます。

海老丸は震えながらその音を聞いていました。日が陰ってきたとはいえ、草むらの奥に目をやれば見つかること必至です。

これほど長く続くのかと思うほど、小便は続きました。ようやく終わったのか、ぶるっと身体を震わせると舎人は括袴をあげました。のんびりした様子で皆のところに戻っていきます。

――助かった……。

まったく生きた心地がしません。

日がすっかり落ちたころ、中大兄皇子もやってきました。倉庫に入っていきます。鎌足の舎人と皇子の舎人たちがそれぞれ離れて警備につくようです。きょうは倉庫の裏にもひとりやってきます。

――なんてことだ……。

裏を警備することになれば倉庫の壁の前にある竹筒をとることはできません。舎人たちは大事な会合のためか皆殺気立っているように見えました。こんなに近くにいられては、逃げることもできません。

身体を伏せたまま、倉庫とその前にいる舎人を見つめました。このまま会談が終わってしまうと、遷都先を知る機会は完全になくなります。

裏で警備する舎人は所在無げにあちらを見たりこちらを見たりしています。舎人が見ていない隙もありますが、それはほんの一瞬のことで、とても竹筒をとって戻ってくる時間はありません。

そこにもうひとりの舎人がやってきました。ふたりで何かひそひそと話しています。

——もう駄目だ。

ひとりならまだしも、ふたりもいてはおしまいです。

——こうなれば、あした、どこかへ逃げよう。

幸い身内は伯母ひとりだけ。逃げたところで悲しむ者はおりません。ひとりで生きていくとなると厳しい暮らしが待っていることは確かですが、死罪になるよりはましです。

そこまで考えたとき、ふたりの舎人が歩き始めました。表のほうに向かっています。

——いまだ！

草むらを飛び出すと、倉庫の裏まで駆けました。竹筒を摑んで草むらに戻り、身体を伏せます。

自分でも思ってみなかったほど素早い動きです。気づいている者はいなそうです。

——よし、これならいける。

糸を伸ばすように倉庫から遠ざかりました。糸がピンと張る地点まで来ます。

糸は月の光を浴び、想像以上に目立つものでした。いま舎人が戻ってきたならば、この糸は確実に見られてしまいます。

——ほんの少しでも遷都先に関することが聞けたなら、すぐさまこの糸を切って逃げよう。

竹筒に耳をあてると、すぐに声が聞こえてきました。この甲高い声は中大兄皇子に違いありません。

〈だからいっておるであろう。同じ手は二度と通じぬ〉

皇子はかなり苛立っている様子です。

〈とは申しましても、武器はとりあげておりますゆえ、向こうに勝ち目はありませぬ〉

こちらは鎌足の声です。密室で安心しているせいか、ふたりとも大声で話しているため、竹筒を通してもよく聞こえます。

〈かの者は槍《やり》の使い手であるぞ。簡単にはゆかぬ〉

〈でありますから、槍も持ちこませぬようにしておるのです〉

〈よいか、何としてでも、かの者を討たねばならぬ。そうでなければ吾はおしまいじゃ〉

〈わかっておりまする〉

どうやらふたりは誰かを謀殺する話をしているようです。

それはそれで大変な話ですが、海老丸がいま一番知りたいことは遷都先ただひとつです。

皇子の声が聞こえます。

〈例の歌詠みは大丈夫であろうな〉

〈は、こちらの望みどおり、しどろもどろに歌を朗誦するはずです。あの者はあのような大きな儀に出るのは初めてです。実際に会ってみましたが、かなりおどおどした男です。さすれば、前回のときと同じように皆の注意がそちらにいくこと請け合いです〉

〈ならばよいであろう。まさか額田に詠ませるわけにはいかぬからな〉

〈ごもっとも〉

〝例の歌詠み〟とは海老丸のことでありましょうか。どうやら海老丸が歌を朗誦するときに誰かを謀殺するようです。

確か蘇我入鹿が謀殺されたのも蘇我倉山田石川麻呂《そがのくらやまだのいしかわまろ》が朝貢の上表文を読んでいたときのことだと海老丸は思い出しました。たどたどしく読んでいた石川麻呂に入鹿は注意を逸らされたと聞いています。

鎌足の太い声が響きます。

〈いよいよこれで大海人皇子もおしまいですな〉

続いて中大兄皇子の高笑いが聞こえました。

海老丸はその名を聞き、竹筒を落としそうになりました。

誰が謀殺されようとも自分には関係ないと思っていましたが、大海人皇子となれば話は別です。これはまさしく国家の一大事です。大海人皇子は皇位継承の二番目にあたる人です。その人が海老丸が歌を朗誦するときに殺されるというのです。

中大兄皇子は、これまでにも異母兄の古人大兄皇子《ふるひとのおおえのおうじ》や、妃のひとりである遠智娘《おちのいらつめ》の父、蘇我倉山田石川麻呂、それに従弟の有間皇子《ありまのみこ》を理由をつけて亡き者にしてきました。しかし大海人皇子はこれまでの政敵とはまるで異なります。多くの豪族に慕われ、中大兄皇子に匹敵するほどの勢力を持った方です。

——これはえらいことになったぞ。

そのときです。海老丸の持つ手に必要以上に力が入ったのでしょう。糸がぷつりと切れました。ただ切れただけならよかったのですが、その拍子に向こう側にあった竹筒が倉庫のなかに落ちました。

「何やつ！」

倉庫から鎌足の声が響きます。

その声に反応して、舎人たちが倉庫に駆けていきます。

「ひえええ」

海老丸は立ちあがるとまっしぐらに藪の奥に向かって走りました。

こうなると走る音が舎人たちにも聞こえます。

「あっちだ！」

声をあげながら舎人たちが海老丸のほうに向かってきました。海老丸は夢中になって駆けました。ここで舎人たちに捕まれば恐ろしい運命が待っていることは間違いありません。舎人たちが恐ろしい勢いで近づいてくる音が聞こえます。中大兄皇子と中臣鎌足の舎人たちですから、皆、武術に優れています。彼らが武術の鍛錬をしている姿を見たことがありますが、顔つきからして血の気の多い連中です。

対する海老丸は武術などしたこともありません。走ることも苦手です。

海老丸は屈みこむと手に持った竹筒をそばにあった樹に巻きつけました。反対側の糸を二間離れたもう一本の樹に結びつけます。

糸に足をとられて追跡が緩んでくれればと淡い期待を持ってのことです。なにせ糸ですからほとんど効果がないことはわかっています。しかし、いまの海老丸にとっては、これが精いっぱいの抵抗でした。

舎人たちの声がすぐ近くで聞こえ、海老丸は駆け出しました。

直後、うしろで「ああ！」という声が聞こえました。あんな糸でも暗闇のなかですから躓《つまず》いて誰か転んだようです。

「何しやがんだ！」

「そちらこそ、なんじゃ！」

剣戟《けんげき》の音が聞こえました。どうやら皇子の舎人と鎌足の舎人とが内輪揉《も》めをはじめたようです。

何にせよ、この機会を逃す手はありません。海老丸は最後の力を振り絞って走りました。

無事に自分の小屋まで辿り着くと、倒れるようにして横になりました。これだけ走ったのは久しぶりのことです。

荒い息を吐いて思い出しました。

――そうだ。結局、遷都先はわかっていない……。

あれほど恐ろしい目に遭ったというのに、当初の目的は果たせていません。

しかし、かわりに大変なことを知りました。

大海人皇子を謀殺するという話です。

そんなことをすれば国は大混乱に陥るでしょう。国を二分する戦になるかもしれません。

――それにしても……この話をどうしたらよいのだろう？

いつ謀殺するのかもわかっています。よりによって海老丸が歌を朗誦するときです。

この瞬間、なぜ鎌足が海老丸を歌詠みに指名したのかわかりました。普通なら額田王が歌を詠むところですが、額田王はかつて大海人皇子の妃でした。冷血で知られる中大兄皇子も、さすがにもと妃の前で大海人皇子を殺すことは躊躇《ためら》われたのでしょう。

海老丸が歌に関して素人であることが鎌足に知られているかどうかまではわかりませんが、海老丸は自分がとんでもない事態に巻きこまれようとしているのを感じました。自分ではどうすることもできません。

——いや……吾は大海人皇子のお命を救うことができる。

海老丸は殺害のときと場所を知っています。このことを大海人皇子に伝えればまだ謀殺を防ぐことができます。

——だが、待てよ。

はたして、このことを大海人皇子に伝えて、信じてもらえるでしょうか？

これを伝えるためには、どうやって知ったのかを話さなくてはなりません。中大兄皇子と中臣鎌足の話を盗み聞きしたことを大海人皇子はどう思うでしょうか？

よくやったと褒めてもらえるかもしれません。あるいは、迷い事だといって一蹴される可能性もあります。

——どうすべきか……。

大海人皇子の反応は読めませんが、このまま黙っていれば、大海人皇子の命がないことだけは確実です。信じてもらうよりほかはないのです。

──よし、大海人皇子に話そう。

次の日──この日は翌日に遷都の儀を控えた日ですが、海老丸は宮廷に入ると大海人皇子を捜しました。同僚たちに尋ねても誰も知りませんでした。

位が下の官人はなかなか皇族と接触する機会がありません。何かの儀の折にちらと見かけるぐらいです。

──なんとかして、きょうじゅうに大海人皇子を見つけなければ……。

朝堂の仕事が始まれば捜すことはできませんから、上官に体調不良で休みたい旨を伝えました。上官はあしたの海老丸の大仕事を知っています。快く病欠を認めました。

「それはよいのだが、爾には別の用がある。あしたのことで鎌足殿が爾と話がしたいようじゃ」

──鎌足殿?

海老丸は息を呑みました。

昨夜のことがばれたのでしょうか?

「きょ、きょうは、まことに体調がすぐれませぬゆえ、もう帰ります。鎌足殿にも、そうお伝えください」

その場を去ろうとする海老丸の肩を上官がぐっと摑みました。

「そんなことができるわけないであろう。内臣の命令であるぞ」

肩を摑んだまま、上官が海老丸を連れて歩きます。別の間に連れていかれると、そこには鎌足の舎人が数人恐ろしげな顔つきで座っていました。顔じゅうに傷を負っている者もいます。昨夜、中大兄皇子の舎人と争っていた男たちかもしれません。

「連れてきました」上官はいい、肩から手を離しました。

今度は鎌足の舎人が海老丸を摑みます。両手を身体の前で縛られました。その状態で紐を引かれて部屋から出されます。

「こ、これはどういうことですか？」

海老丸は尋ねますが、舎人たちは誰も答えようとはしません。

同僚たちは海老丸が連れていかれる姿を可哀そうにといった顔つきで眺めています。

海老丸は、馬に乗った舎人に紐で引かれ、宮廷を出ました。

飛鳥川を越え、板蓋宮のあった場所へと連れてこられます。そしてあの倉庫の前まで来ると、そこに鎌足が立っていました。

いつにも増して恐ろしい顔をし、海老丸を睨んでいます。

――やはり、あのことがばれてしまったのだろうか……。

舎人のひとりが馬から紐を外して海老丸を倉庫に引っ張っていきます。

――このなかで何をされるのだろう？

当時は裁判もありません。身分の低い者に人権はないのです。問答無用で殺される可能性もあります。

海老丸の心は複雑でした。自分が悪いことをしたとは思っていません。確かに人の話を盗み聞きしたことはよくないことですが、ただ遷都先を知りたかっただけです。まさかあんな恐ろしい話を聞くとは思ってもみませんでした。むしろ悪いのは中大兄皇子と鎌足のほうです。なにしろ彼らは殺人を計画していたのですから。

そんなことを思ってみてもどうしようもありません。

倉庫の戸が開き、乱暴に投げ入れられました。なかは以前海老丸が覚えていたような場所とはまったく違っていました。かつては写本の詰まった棚が置かれていましたが、いまは棚はなく、使い古された蹴鞠《けまり》が落ちているだけです。

海老丸は真ん中に座らされました。舎人が鎖のついた道具を持って近づきます。鎖には鉄製の枷《かせ》が三つついています。舎人たちは海老丸の身体を押さえつけると、鉄の枷を首と両手首に嵌《は》めました。手首に繋《つな》がれた鎖が両側の壁に結ばれます。

倉庫に鎌足が入ってきました。その手には長い棒があります。訊杖《じんじょう》です。

訊杖とは、拷問に使用される、叩く面が平面になった杖のことです。

鎌足が海老丸のうしろにまわりました。海老丸は振り返ろうとしましたが、首にも枷が嵌められているので、身動きがとれません。

背後から鎌足の声が聞こえました。

「これから吾が訊くことに真摯に答えれば、爾を許してやる」

「何でも話しますから、ご勘弁を……」

「いいだろう。では聞く。きのうの夕刻はどこにおった?」

「きのうの夕刻は……家におりました」

海老丸は嘘をつきました。大海人皇子に対してなら真実がいえますが、鎌足にはいえません。いえば許してもらえないことはわかっています。

いきなり背中を訊杖で叩かれました。痛みが身体を貫きます。

さらに何度も何度も同じところを叩かれます。パシン、パシンという乾いた音が倉庫のなかに響きました。

ひとしきり叩いたあとで鎌足がいいました。

「爾が昨夕慌てた様子で家に帰るのを見ていた者がおる。嘘をついても無駄だ。きのうの夕刻はどこにおった」

「それは何かの見間違いです。昨夕は家におりました。一歩も外へは出ておりません」

「嘘をつくな！」

またしても同じところを叩かれました。力は先ほどよりも強くなり、皮膚が破れ、血が飛び散りました。

海老丸はあまりの痛さに絶叫しました。しかし、どれだけ叩かれようとも話すわけにはいきません。

ふいに背中を打つ音が止みました。

背中越しに鎌足が荒い息を吐いているのがわかります。

「しぶといやつめ。また来るから覚悟しておくがよい」

鎌足は足音荒く舎人たちと出ていきました。部屋には海老丸のほかに誰もいなくなります。

海老丸はぐったりと項垂《うなだ》れました。鎖で繋がれているため横にはなれません。

自分はこのままここで死ぬんだと思いました。

正直に答えたところで命はないでしょうし、このまま嘘をつき続けても結果は同じです。

もはや逃げ場はどこにもないのです。

鎌足が出ていってから半刻が経ったころでしょうか、外で物音が聞こえ、戸が開きました。戸は海老丸のうしろにあるため誰が入ってきたのかはわかりません。海老丸はまた杖で叩かれるのかと思い、身を固くしました。

しかしどうやら鎌足が来たのではないようです。何人かの足音が聞こえ、海老丸の前にぐったりとした男が引っ張られてきました。

――詮老人？

顔は痛めつけられて腫れあがっていますが、詮老人に違いありません。あの新羅の占い師です。

――なぜ詮老人がここに連れてこられたのだろうか？

詮老人は海老丸と同じように首と両手首に枷を嵌められました。両側の壁に鎖で繋がれ、海老丸と向かい合う恰好《かっこう》になります。身体からは生気が感じられず、ほとんど死人のようになっていました。

舎人たちが詮老人を置いて部屋を出ていき、ふたりだけが残されました。高窓から光が差しこみ、埃《ほこり》が漂っているのが見えます。

詮老人がしわがれた声でいいました。

「爾は何者だ？」

「え？……」

なぜ詮老人がそのようなことをいうのか海老丸にはまったく意味がわかりませんでした。

「それは……どういう意味ですか？」海老丸は尋ねました。

詮老人が顎をしゃくって高窓を示します。

海老丸は顔を動かして高窓を見ました。そこに見覚えのあるものがあります。

あの竹筒です。

あれがあそこにあるということはこの部屋が盗聴されている？

誰がこんな仕掛けを……。

中大兄皇子に違いありません。先進技術を好むことで知られる皇子です。以前も唐から仕入れた知識で漏刻《ろうこく》をつくったことがあります。漏刻とは水を使って時を知る道具です。

おそらく中大兄皇子は海老丸が木に括《くく》りつけた糸と竹筒を回収し、その機能を理解してあそこに仕掛けたのでしょう。詮老人はそのことに気づいているようです。

しかし、なぜ詮老人がここにいるのかはまだわかりません。

海老丸は盗聴されないよう小声で尋ねました。

「どうして……詮殿はここに連れてこられたのですか？」

詮老人は盗聴を気にすることなく、全身が傷だらけの状態とは思えないほどの大声でいいました。

「吾がどうしてここに連れてこられたのか知りたいのか。いいだろう、話して聞かせよう」

その口調はまるで誰かにこの話を聞かせるかのようでした。

「それはわしが新羅人だからじゃ。このあいだの白村江の戦いで、唐は倭軍を殲滅《せんめつ》させ、いまは倭に同盟を結ぶよう脅しをかけている。唐は倭と同盟を結んで新羅を滅ぼすつもりなのじゃ。だが、それは絶対に受けてはならぬ。そこには唐の思惑がある。唐はどこまでいっても覇権国家じゃ。新羅を滅ぼしたあと、唐が次に狙うのは、まちがいなく倭じゃ。だからこそ、新羅には存続してもらわねばならぬ。どれだけ山城をつくったところで、唐の大軍の攻撃は防ぎきれぬ。新羅こそが倭の最大の防波堤なのじゃ」

海老丸はぼんやりとした頭で詮老人の話を聞いていました。海老丸も唐が朝鮮半島の支配を目論んでいることは知っています。白村江の戦いのあと、中大兄皇子が唐の攻撃を恐れて日本のあちこちに山城を築いていることも知っています。が、どうしてそんなことを海老丸に話すのか理由がわかりません。

詮老人がそこまでいったとき、ばたん、と音がしました。顔をそのほうへ向けると、そこに竹筒が落ちていました。それがころころと転がっています。

あのときと同じです。竹筒の糸が切れたのです。

何が起こったのか、と思っていると、いきなり戸が開く音が聞こえ、海老丸の前に武装した男たちが現れました。鎌足の舎人たちではありません。

男たちの最後に現れたのは、豊かな髭を蓄え、背が高く体格のよい人です。あれは――。

大海人皇子！

いまは武装して槍を持っています。

大海人皇子が詮老人に駆けよりました。

「詮殿、ご無事であられたか」

「吾は大丈夫です」

武装した男たちが何か鉄製の道具を使って詮老人と海老丸の枷を外しました。

「皇子、よくここがおわかりになりましたな」詮老人がいいます。

「ご忠告どおり、鎌足をつけていたのです。さあ、立ちあがってください」

詮老人は立ちあがると海老丸に近づきました。海老丸に手を貸して引き起こします。

「爾の質問に答えてやろう」詮老人が海老丸にいいました。「どうして吾がここにいるのか。それは爾が吾の家に来たことを鎌足に知られたからじゃ。村の者に吾の居場所を尋ねたであろう」

確かに海老丸は、詮老人の家がどこにあるかわからなくて近くの家で尋ねました。

大海人皇子が詮老人にいいます。

「詮殿、いますぐにこの国を発って新羅へ渡ってください。兄の兵がまもなくやってきます。このままでは殺されてしまいます」

「わかり申した。しかし、皇子に聞いてもらいたい話がございます」

「何でしょう?」

詮老人が海老丸に顔を向けました。

「海老丸、爾は大海人皇子に話さなければならぬことがあるであろう」

「どうしてそれを?」

「爾が何か重大な秘密を知ったのでなければ鎌足は爾を拷問したりはせぬ」

「話とは何であるか?」大海人皇子が海老丸を見ます。

海老丸は大海人皇子の前で頭をさげました。皇子の顔を見る勇気はありません。しかし、ひとつ唾を飲みこんでから、はっきりとした声でいいました。遷都の儀において大海人皇子を謀殺しようとする話です。

聞き終わると大海人皇子はいいました。

「そんなことではないかと思っておったわ。いかにもあの兄のやりそうなことよ。よくぞ知らせてくれた」

「これから、どうなさるのですか？」海老丸が問います。

「まだわからぬが、向こうの出方がわかれば、やりようはいくらでもある」

武装した男たちが詮老人を両側から支えて歩き出したとき、詮老人が大海人皇子にいいました。

「あの者も新羅へ連れていってよろしいですか。もうこの国にはおられますまい」

詮老人は海老丸を見ています。

大海人皇子が頷きました。

「いいでしょう。お連れください」

男たちが海老丸の腕を肩にまわして歩かせます。

海老丸には、これからこの国がどうなるかわかりませんでしたが、詮老人がいったように中大兄皇子と鎌足がいるこの国では、もはや居場所はないように思われました。

詮老人と海老丸が馬に乗せられると一行は出発しました。

小舟で大和川《やまとがわ》をくだります。舟には詮老人と海老丸、そして大海人皇子の舎人がふたり乗っています。

「この船で新羅まで行くのですか？」海老丸は頼りなげな小舟のへりに手を載せて尋ねました。

この時代、海を渡ることは大変危険なことでした。実際、前回の遣唐使船は二隻のうち一隻しか帰国を果たしていません。

「まさか。こんな小舟では辿《たど》りつけぬわ。難波津《なにわづ》でもう少しましな船に乗り換える」

「詮殿と大海人皇子はどのようなご関係なのですか？」

「以前、大海人皇子に占術を教えたことがあってな。それ以来、この国の行く末についてふたりで話し合ってきた。大海人皇子は新羅と手を組むことが唐を退ける唯一の道だと知っておる」

海老丸は詮老人をじっと見つめました。

「どうして詮殿は、あの倉庫で盗み聞きされているのを知っていながら、あのようなことを話したのですか？」

これはあのときからずっと気になっていることでした。小声で話せば聞かれずにすむものを、なぜわざわざあのような大きな声を出したのか意味がわかりません。

「それはな、諫言《かんげん》じゃよ」

「諫言？」

「つまり、皇子を諫《いさ》めるということじゃな。爾も知っておるように、先の変で中大兄皇子が蘇我入鹿を謀殺してから誰も皇子を諫める者はいなくなった。斉明天皇が崩御して、いまこの国を治めておるのは、実質中大兄皇子ただひとりじゃ。中臣鎌足をはじめ取り巻きどもは皇子の心を満たすことばかりを考えておる」

詮老人は海老丸をじっと見つめて続けます。

「国を治める者に誰も何もいえないということはよくないことぞ。国が亡ぶ原因はほとんどそこにあるといってもよい。だが、命を賭してでも伝えねばならぬことがある。あそこで話を聞いていた者は中大兄皇子の舎人に違いない。舎人は一言一句報告するように命じられておるだろう。さすれば、あの話は中大兄皇子にかならず伝わる。人は苦労して手に入れた話はよく聞くものじゃ。もちろん中大兄皇子があの内容をすぐに自分の政にとり入れないことはわかっておる。しかし、頭には残る。正しいことはいつまでも頭から消えないものじゃ。倭が唐と組めばどうなるかを考えさせるだけでよい。いまのところはな」

「はあ」

海老丸はなんとなく詮老人のいっていることがわかりましたが、それでも完全には飲みこめませんでした。

中大兄皇子に聞かせるだけならもっと別の手段があるような気がします。詮老人はそのためにわざわざこんな状況をつくったというのでしょうか。

「……詮殿は、ひょっとして最初からこういうことになるのが、わかっていたのではありませんか」

「こういうこととは？」

「吾が新羅へ行くことです」

「どうしてそう思うな」

「初めて詮殿を訪ねたとき、詮殿は吾に『新羅をどう思うな』と問うたではありませんか」

詮老人は目を細めて海老丸を見て、静かにいいました。

「占いは、当たるも八卦《はっけ》当たらぬも八卦じゃ」

よくわからない答えです。

今度は詮老人が尋ねます。

「爾は朝堂で働いておるといっておったが、どの省で働いておったのじゃ」

「民部省でございます」

「そうか。であるなら、計算ができるな。新羅へ行ったら同じような仕事に就けるようにとり計らってやろう」

「でも、言葉がわかりませぬ」

「心配せずともよい。言葉なぞは住めばなんとかなるものじゃ。吾を見るがよい」

「……はあ」

不安ではありましたが、新羅へ行くとなったらそこで働くしかありません。そもそも無事につけるかどうかもわからぬ旅ではありますが。

そこで海老丸、急に思い出しました。

「ところで遷都先はどこだったのですか？」

海老丸の乗った船が日本海の荒波に揉まれているころ、飛鳥では遷都の儀が予定どおりおこなわれていました。

大海人皇子は仮病を使って出席せず、難を乗り切りました。

詮老人の諫言に効き目があったかどうかはわかりませんが、中大兄皇子は天智《てんじ》天皇として即位したあと、幾度も唐に船を送りながらも、結局唐と同盟を結ぶことはありませんでした。唐と組むことにかなり慎重になっていたようです。

遷都の儀において海老丸のかわりに歌を詠むのは額田王になりました。さすがの額田王、急な申し出にもかかわらず、顔色ひとつ変えなかったといわれております。

いよいよ後飛鳥岡本宮にて中大兄皇子が皆の前で遷都先を発表します。

大津《おおつ》です。現在の滋賀県大津市のことです。

皆がどよめきました。遷都はこれまで畿内を出ることはありませんでした。大津は畿内の外にあります。このことに皆は驚いていたのです。

ようやく場が静まると、皆は息をひそめて額田王を見守りました。皇子の宣言が終わったあとに歌が詠まれます。

額田王はしとやかに細面の顔をあげると、透きとおるような声で歌い出しました。

万葉集にそのときに彼女が詠んだ歌が記されています。

「三輪山をしかも隠すか雲だにも心あらなも隠さふべしや」

——どうして雲は三輪山を隠すのですか。せめて雲だけでも心やりをもって隠さないでください。

当日は曇り空で三輪山の一部が雲で隠れていました。三輪山は飛鳥のなかでもひと際美しく、まさに飛鳥の民の心を象徴するような山でした。このとき、隠れていたのは三輪山だけではありません。皇子の心も同じです。遷都先が発表されたとき、皆は同じことを考えていました。なぜ、皇子はその意図を民に説明しないのか。なぜいつも隠し事ばかりをおこなうのか。

その歌は、当日の空模様にかけて、執政者の密室での謀議に振りまわされる当時の人々の心を鮮やかに描き出していました。

彼女は堂々とその歌を執政者の前で詠んだのでした。

そこにいた全員の心にその歌は沁みました。

畢竟《ひっきょう》、歌は心なのかもしれません。

さて、日本海を渡ることになった海老丸と詮老人ですが、難波津で刳舟《くりぶね》に乗り換えると、大海へと漕ぎ出しました。漕ぎ手として大海人皇子の舎人がふたりついています。

海老丸が船べりにしがみついて去り行く大地を眺めていると、詮老人が話しかけてきました。

「それほど異国へ行くのが不安か？」

海老丸が蒼い顔を向けます。

「ええ……吾は飛鳥から出たことがありませぬゆえ……」

「ふん」詮老人が鼻で笑いました。「人が住む場所なぞはどこも同じじゃ。新羅はいいところぞ。吾が言葉を教えてやるから安心しておれ」

詮老人が続けます。

「そういえば、爾は歌が詠めなかったのだな。新羅にも歌はある。ついでに歌も教えてやろう。歌を詠めるようになれば土地への馴染みも早くなる」

「歌？　この国の歌ですら詠めない者が新羅の歌など詠めるようになりますか？」

「歌は心ぞ。言葉は関係ない。心があれば、生きとし生けるもの、すべてのものに歌は詠める」

「そういうものですか……」

「ものは試しじゃ、ひとつ、つくってみよ」

「え、いまですか？　何を詠めばいいのですか？」

「心に浮かんでいるものをそのままに詠めばよい」

「そういわれても、何も思ってはおりませぬ」

詮老人が軽く首を振って海老丸を見ました。

「自分を取り巻くこの世を感じてみよ。爾は大海人皇子の命を救った。大海人皇子はいずれ天皇におなりになり、この国を大きく変えるお方じゃ。つまり爾は、この国の命運を変えたのじゃ。それに爾は、いまから名前しか知らぬ国に行こうとしておる。きのうまではこのような日を迎えるとは夢にも思わなかったであろう。生きて辿り着けるか海の藻屑《もくず》となるかは五分と五分、爾の命はあってないようなものじゃ。これで何も思わないはずがないであろう」

海老丸は、ぼんやりとした顔つきで海原に目をやりました。まっすぐな水平線がどこまでも続いています。難波津ははるか彼方へ遠のき霞んでいます。

すうっと息を吸ったあとで海老丸は詠みました。

「世の中は夢かうつつかうつつとも夢とも知らずありてなければ」

——この世は夢か現実か、現実とも夢ともわからない、あってないようなものだから。

詮老人が驚いた顔をして海老丸を見ました。

「妙《たえ》なるかな。見事な歌じゃ」

大海人皇子の舎人もその歌を褒めました。

詮老人が海老丸の肩を叩きます。

「簡明直截《かんめいちょくせつ》でじつにいい。爾には歌の才があるのだな。吾が教えるまでもない。爾なら新羅へ行っても見事な歌がつくれようぞ」

海老丸は口を開けて詮老人を見返しました。

「これが、ほんとうによい歌なのですか？」

「ああ、よい歌じゃ。歌の才がなければ、このような歌は詠めぬ。爾の父はよく歌を詠む人だったそうじゃな。伯母上も優秀な歌人だったと聞いておる。爾は幼きころから歌に囲まれて育ったのであろう。それで歌の才が芽生えたのじゃな」

「そんな……」

海老丸は、がっくりと項垂れ、両手を船底につきました。

もし自分に歌が詠めるとわかっていたなら、こんな苦労はしなくてよかったのにと思ったのでした。

こうして人類最初の盗聴事件は幕を閉じたのです。海老丸の盗聴は結果的に日本の歴史を変えたといっても過言ではないでしょう。

詮老人がいったように海老丸には歌づくりの才があったようで、新羅に渡ったあと、詮老人の斡旋《あっせん》により税を計算する仕事に就きながら新羅の歌を多く詠みました。老境に至ると、さらにその歌づくりの才は冴え、名作を数多く詠んだといわれております。海老丸が船の上で詠んだ歌は、大海人皇子の舎人が帰国したときに日本に伝えられ、古今和歌集に、詠み人知らずとして採用されています。

この番組では毎回最後にわたしの拙い歌を披露しているのでありますが、今回はやめておきます。

過ぎたるは及ばざるが如し。物語のなかで、もうすでによい歌を二首もお聞きいただきましたから。

〈ジングル、八秒〉

お話は、国立歴史科学博物館の鵜飼半次郎さんでした。

次回は来週月曜日午後十一時からの放送になります。

海老丸の詠んだ歌は、いい歌ですね。

わたしも、ときどき自分の存在が夢のなかにあるような気がします。いま、この瞬間も。

ナビゲーターは漆原遥子でした。

それではまた次回の放送でお会いしましょう。

人類最初の誘拐

皆さま、こんばんは。

エフエムFBSラジオ『ディスカバリー・クライム』の時間です。ナビゲーターは、わたくし、漆原遥子が務めさせていただきます。

この番組では知られざる人類の犯罪史を振り返っていきます。

第四回目の今夜は、「人類最初の誘拐」です。

お話は、国立歴史科学博物館の鵜飼半次郎さんです。

鵜飼さんは、取材先のエジプトからきょう戻られたばかりです。ギザの大ピラミッドのなかでは迷子になり、捜索隊を出されたとのこと。

無事に見つけてもらえてよかったですね。

それでは鵜飼さん、よろしくお願いします。

〈ジングル、八秒〉

「神は死んだ」

とは、ドイツの哲学者ニーチェの有名な言葉ですが、ここに神のいない神殿があります。

この神殿には、そもそも神が存在していないのです。

神殿があるのは、現在ではエジプトの都市メンフィスとして知られ、かつては「イネブ・ヘジ」と呼ばれる場所でした。

かの地では、民は多くの神を信仰し、多くの神殿を造ってきました。

そこでは王が変わるごとに信仰が変わり神も変わりました。現在、メンフィスからは、プタハ、ハトホル、セクメト、アピス、アメン等の神々の神殿が発見されています。

そのなかのひとつに、この神殿はあります。

現地の人々は、この神殿を「神不在の神殿」と呼んでいます。

メンフィスの南西部に位置するその神殿は、大きさはほかの神殿に比べて小規模ではありますが、豪華な装飾が施された、立派な神殿です。

しかし、その神殿には古代エジプトの文字であるヒエログリフで神々を讃える言葉が数多く刻まれているにもかかわらず、神の像がひとつもなく、神の名がまったく記されていないのです。

これはエジプトの神殿としては非常に稀なことです。像が盗まれたわけでも、その名が削りとられたわけでもありません。最初から存在していなかったのです。

どうして、この神殿には神の名が記されなかったのでしょうか？

そこには、古代に起こった、ある誘拐事件が関係していました。

それは「人類最初の誘拐事件」です。

今夜は皆さんを五千年前のエジプトへとお連れいたしましょう。


〈ハープの調べ、二十秒〉


紀元前三〇七一年、ナイル川氾濫期、第三月のこと。

まだそのころにはピラミッドもスフィンクスもありません。ピラミッドが造られるのはそれから約四百年もくだったころのことです。

『エジプトはナイルの賜物』といわれるように、エジプトではナイル川に沿って都市が点在していました。

当時、王国の都はイネブ・ヘジにありました。「イネブ・ヘジ」とは、古代エジプト語で「白い壁」という意味です。

その名が示すとおり、イネブ・ヘジでは白い壁が街のまわりを囲っていました。

人口は三万人を超え、当時世界最大の都市でした。

三万人とはずいぶん少ないように感じる方もおられましょうが、そのころ世界のほかの地域では、人類はまだほとんど原始人と変わりないような暮らしをしていましたから、三万人が集う街ともなると、それこそ奇跡のような場所だったのです。

平和な時代が続くと、人々は日々の生活を充足させようとするものです。上下エジプトが統一され、王都のイネブ・ヘジには大きな港がつくられて、ほかの都市と交流し、さまざまな物資が入ってくるようになりました。

なかには貿易により大きな富を得る者も現れます。ある者は医師になり、またある者は建築士になり、またある者は商人になり――といった具合にさまざまな職業に就くようにもなります。外国からの移住者も多く、街は大変賑わっていました。

しかしながら、いつの時代もすべての人が幸せになるということは不可能なことで、当然イネブ・ヘジにも貧しく不幸な人々はいました。

そんな不幸な人々のなかに、ある子供たちの集団がありました。彼らは五人で街の外の森に暮らしています。年齢も出身もバラバラな子供たちですが、ひとつだけ共通点がありました。それは皆、身寄りがいないということです。戦争や事故で親を亡くした者もいましたし、なかには親から捨てられた者もおりました。当時は保護者のいない子供には居場所がありません。役人に捕まって奴隷になるか、街の外で暮らすしかなかったのです。

彼らは街で物を盗み、食料に換えて飢えをしのいでいました。直接食料を盗むこともありましたが、食料よりも宝石や貴金属のほうがずっと役に立ちました。まだ通貨のない時代です。市場では基本的に物々交換で取引されます。宝石や貴金属は持ち運びやすく、貯めておけるため使い勝手がいいのでした。

街には犯罪を取り締まるファラオ直属の守護隊がありましたが、守護隊にもその子供たちを捕まえることは困難でした。彼らは神出鬼没でたくましく森のなかで生き延びていたのです。


さて、きょうも子供たちはいつものように椰子《やし》の木の下で食事をしながら窃盗の計画を立てていました。まだそのころはサハラ砂漠は現在のようにはなっておらず、緑も多くありました。

そのころイネブ・ヘジでは、犯罪の取り締まりを強化し始めていました。人類最初の大規模な警察機構ができ始めていたのです。

現在もそうですが、取り締まりがきつくなればなるほど、かえって犯罪は巧妙になるものです。

この日も子供たちは、熱心に新しい盗みの手口を考えていました。といってもまだ年端も行かない子供たちです。話し合いはいつしかふざけ合いに変わり、最後には大騒ぎになりました。

「お前たち、いい加減にしろ。もっと真剣に考えるんだ！」

年長でリーダーのセトが食後に飲んでいた椰子の実を地面に叩きつけて一喝しました。

セトは十六歳の少年です。〝セト〟というのはエジプトの砂漠を統治する神の名です。そのほかの子供たちも皆、神の名を名乗っていました。もちろん、ほんとうの名前ではありません。神々に見捨てられたような暮らしをしている彼らは、自分たちを見捨てた神々の名をつけて互いを呼び合っていたのです。

彼らは自分たちのことを「ラーの子供たち」と呼んでいました。〝ラー〟とは太陽を司る最高神のことで、古代エジプトではファラオがラーの息子ということになっていましたが、彼らは不遜にも自分たちこそがラーの子供だと称していたのでした。

セトが一喝したことで皆がしゅんとなって静まり返ります。

「セト、いい話があるんだ」

静寂を破ったのは、ウプウアウトです。皆からは〝ウーピー〟と呼ばれている少年です。〝ウプウアウト〟とは上エジプトの守護神の名で、「道を切り開く者」の意味があります。

ウーピーは背が低く丸っこい体形をした十五歳の少年です。彼はスリが得意でした。

「なんだ、ウーピー。話してみろ」セトがじろりとウーピーを睨《にら》みます。

「この計画はすごく新しいんだ。いままで誰もやったことがないものなんだ。まさしく〝テエム〟なんだよ」

〝テエム〟とは古代エジプト語で「完璧」を意味する言葉です。

セトは、うんざりした気分になりました。

これまでもウーピーが〝テエム〟といった計画はありましたが、そのどれもがろくなものではなかったのです。

ウーピーが続けます。

「街にさ、エムハブって野郎がいるだろ」

「ああ、書記官だな。いやな野郎だ」

当時のエジプトでは文字を扱える人は少なく、記録を残し、過去を知る書記はとても高い地位にありました。その書記をまとめるのが書記官です。エムハブは大きな権力を持ち、広大な土地を所有していました。そのほかにも倉庫や商店、酒場や娼館《しょうかん》も経営し、強大な権力をかさに、やりたい放題悪事を働いているとの噂です。彼に逆らう者はこの街にはひとりもおりません。ファラオ以外は、という意味ですが。

「あたし、あの人に突きとばされたことがある」この声はメルトです。メルトは、「陽気な小女神」の名を持つ少女です。このなかでは一番幼く、歳は八歳です。両親は上下エジプト統一戦争のときに亡くなっています。

「あの人、いつも怖い顔して睨みつけるのよ」こちらはネイトです。ネイトは十四歳で、リーダーであるセトの恋人でもあります。彼女はいつもセトの隣を陣どっています。

子供たちは街で裕福な者を見かけると金品をねだることもよくしていました。エムハブも当然その対象になっていましたが、成功した者はひとりもいません。

「どうせあいつの家に忍びこもうってんだろ。それはやめておいたほうがいいぜ。あそこは警備の人間が多すぎる」

そういったのは、トトです。トトは元書記で十五歳の少年です。このころのエジプトでは十歳くらいから働き始めます。書記になれるのはごく一部の裕福な家の子息だけで、彼らはほとんど言葉を話すか話さないかのうちから英才教育を受けます。その教育はかなり過酷で、寝る時間さえないほどです。競争も激しく途中で脱落する者も多くいました。トトもそのひとりです。トトは書記としてかなり優秀でしたが、あまりにも俗世間と離れたことばかり学ぶことに疑問を覚えて逃げ出したのです。

背が高く頬がこけた、ひょろっとした体形のトトはいろいろな書物を勉強してきただけあって物知りでした。

「あそこはとくに選りすぐりの兵士が警備についてるからな」

「家を襲うんじゃないよ」と発案者のウーピー。

「じゃあ、エムハブ自身を襲うのね。あいつはいっつもいっぱい宝石を身につけてるから」

ネイトがいいました。

「それも、違うんだな」ウーピーがにやりと笑います。

「ウーピー、じらさずにさっさといってしまえ。どうせろくでもない計画なんだろ」リーダーのセトが怒鳴りました。

ウーピーが身体をのり出します。まわりの子供たちを見ると、芝居がかった間をとりました。ゆっくりと皆を眺めまわしたあとでいいます。

「あいつを襲うっていうのはある意味合っているんだけどね。盗むのはあいつが身につけている宝石じゃなくて、あいつ自身なんだな」

皆がぽかんとした顔でウーピーを見ます。

「どういう意味だ。そんなことしてどうする?」セトが尋ねます。

エムハブは禿頭《とくとう》の太った男で、年齢は五十代でしょうか。奴隷として外国で売ったとしても、とても買い手がつくとは思えません。エジプトの外ではほとんど価値のない男です。

ウーピーがにやりとしてセトを見ます。

「俺たちにとってあいつは価値がなくても、家族にとっては別さ。あいつの命をあいつの財産と交換するんだよ」

「……そんな話は聞いたこともない」物知りのトトがいいました。

ウーピーがトトを見ます。

「だから、新しいんだよ。これならあいつの家に忍びこまなくたっていいだろ。向こうから財宝を持ってきてくれるんだから」

「あいつの家族が大人しく財宝を渡すと思ってるのか?」トトが馬鹿にするようにいいました。同い年のトトとウーピーはいつも互いに張り合っていました。

「そこは、うまくやるのさ。ここを使ってね」ウーピーが自分の頭を指でつついてから話を続けます。

「まず、あいつをとっ捕まえるだろ。それから、あいつの家に手紙を届けるんだ。エムハブを返してほしかったら、街の外にある〝聖なる樹〟に財宝を持ってこいってね。〝聖なる樹〟まであいつの家族が来たら、あいつの家族は樹に貼ってある紙を見ることになる。その紙には別の場所に財宝を運べって指示が書いてあるんだ。それなら先回りされて襲われることもないだろ。……そうだな。次に指定する場所は、死の谷なんかがいいんじゃないかな。そこで財宝を落とさせるんだ。俺たちは谷の底で安全に財宝を待てばいいって寸法さ」

ウーピーはここで話す前にいろいろと考えてきたようです。すらすらと言葉が出てきます。

「でね」得意になって続けます。「この計画のすごいところはさ、何も同じ場所で交換しなくたっていいってことなんだよ。だってそんな必要ないもの。財宝を確認したあとでエムハブを別の場所で解放すればいいんだよ。だから受け渡しのときに危険がないんだ」

現代でいうところの営利誘拐のことをウーピーは話しているのでした。

トトが、眉間に深い皺《しわ》を寄せます。

「……まあ、とりあえずは安全だろうな。だけどさ、そもそもどうやってエムハブを攫《さら》うんだ？　あいつはいつもいかつい護衛をつけてるんだぞ」

街の貴人たちはたいてい護衛を伴って行動しています。しかもエムハブの護衛はとびきり身体が大きい男たちです。その護衛をなんとかしないかぎりエムハブを攫うことはできません。

よくぞ聞いてくれたとばかりにウーピーが顔を綻《ほころ》ばせました。

「それがさ、あいつがひとりきりになるときがあるんだよな。俺のかあちゃんが娼館で働いてることは知ってるだろ。エムハブはいつも決まった日の決まった時間に娼館に来て、俺のかあちゃんを指名するんだ。そのときに攫えばいいのさ。そのあと、かあちゃんにこっそり手紙を届けてもらえばいいんだよ」

ウーピーはこの集団のなかで唯一母親と連絡をとり合っています。

「娼館で攫ったとしても、外には護衛がいるだろ」

「何も玄関からあいつを連れ出す必要はないよ。部屋であいつを縛って窓から落っことせばいいんだ。二階だけど、下で布を広げて受ければ可能だよ。あいつを捕まえて、この森まで連れてきたら見つかりっこない。な、完璧だろ」

セトの恋人であるネイトがウーピーを見ました。

「すごいアイデアじゃない。どうやって思いついたの？」

「ここを使ったのさ」ウーピーがまた頭を指さします。それから、ちらりとセトを見ました。

「ねえ、セトはどう思う？」

リーダーのセトは腕組みをして話を聞いていました。確かによく考えられた計画です。トトがいったように、これまでこんな話は聞いたことがありません。人を攫って金品と交換するなんて斬新です。これまでウーピーが立てた計画のなかでは一番まともなものであることは間違いなさそうです。

ただ……。

漠然とした不安が胸に残ります。いままでしたことがない犯罪だけに先がまったく読めないのです。

そのとき、

「ふわーあ」と長閑《のどか》な調子の声が聞こえました。皆が振り返って見ます。そこには樹を背にして眠っていたメルトがいました。さっきまで話し合いに参加していましたが、いつのまにか幼いメルトは寝ていたようです。

「メルト、ちゃんと聞いてたのか?」ウーピーが怒鳴りました。

「何を?」まだ眠そうな目をこすりながらメルトは答えました。

そこでみんながどっと笑い、この話し合いはいったんお開きとなりました。

その日はまだ食料が残っていましたから、皆は森のなかでめいめいが自由に過ごしていました。

セトは木陰で葦《あし》の茎を嚙《か》みながら、遠くを見ていました。恋人のネイトがセトの太腿《ふともも》を枕にして眠っています。

小川に目をやると、メルトが川で水遊びをしています。幼くして両親を亡くしたメルトは、砂漠に捨てられているところをセトに助けられました。以来、セトとネイトが彼女の親がわりになっています。

トトは難しい顔をしてお手製のパピルスに何やら書きつけていました。彼らのなかで、ただひとり、文字を書くことができます。もし、ウーピーの計画を実行するなら、エムハブの家族に渡す手紙はトトに書いてもらうしかありません。

ウーピーは砂の上に何やら書きつけています。ウーピーは文字は書けないはずですが、自分しか読めない記号を砂に書いていつも何かを考えています。

セトはあの計画について考えました。

書記官ともなればその富は莫大《ばくだい》です。うまくいけば、一生働かずにすむほどの財宝を手に入れられるかもしれません。が、そのぶん危険も伴うわけで、捕まれば全員奴隷にされるか、殺されるかのどちらかです。

セトは、眠っているネイトの頭を自分の太腿から持ちあげると、そっと砂の上におろしました。立ちあがると砂を払い、川沿いを歩きます。

歩きながらウーピーの計画のどこかに穴がないか、と考えました。もしも穴が見つかれば計画は実行に移さないつもりです。

一見、この計画は完璧に見えますが、どこかに穴があることはわかっています。ウーピーの計画はいつもそうだからです。

前回、港の財宝船を襲うという計画ではもう少しでセトはワニに食われるところでした。ウーピーは葦の管をくわえ、その先を水面から出せばずっと呼吸をしていられると主張し、イネブ・ヘジの港に停泊する財宝船を襲う計画を立てました。

確かに財宝船はありましたし、葦の管でも呼吸は可能でした。しかし、ナイル川にはまだ問題がありました。ワニです。ウーピーはその対策も考えていました。水中で「セベク！」と叫べばワニは寄ってこないというのです。〝セベク〟は頭がワニの姿になっている神の名です。ワニたちはセベクを崇拝しているため、その名を叫べば寄ってくるはずがないというのです。

当日、財宝船のまわりにはワニがうようよいました。船員たちが食べ物を川に撒《ま》いていたためワニが寄ってきているのです。ワニは天然の警備員にもなっています。

セトとトトは財宝船に近づいていきました。ワニの背が水上に現れたのを見て、セトは水中に潜り、「セベク！」と大声で叫びました。水中ですから当然声にはなりません。何度も何度も叫びますが結果は変わりません。いたずらに川を泡立たせるだけです。

ワニはその泡立ちに反応して、セトにまっしぐらに向かってきました。セトとトトは一目散に岸まで泳ぎました。なんとか逃げ切って森の隠れ家まで帰ってくるとウーピーを怒鳴りつけました。

「川のなかで叫べるわけがないだろ!」

が、ウーピーはまったく意に介さず、

「そりゃ、そうだよ。練習しなきゃ」と答えました。

そこで取っ組み合いが始まり、トトが制止してやっと騒ぎは収まりました。

その計画のときにもウーピーは〝テェム〟だといっていたのです。

三日経ち、朝食のあとでセトはみんなに告げました。

「ウーピーの計画を実行するぞ」

「やった!」ウーピーが飛びあがって喜びました。

まだセトの胸には漠然とした不安が残るものの、どれだけ探しても穴が見つからなかったのです。それに食料も尽きかけています。とりあえずは準備してみて、どこかで綻びが見つかったらそのときには中止しようと思ったのでした。

さっそくその日から準備を始めます。

綻びではないものの、すぐに障害にぶつかりました。

ウーピーの母親である娼婦のスネフェルです。

スネフェルは両手を腰に置き、セトを見据えていいました。

「儲《もう》けの六割よこしな。そしたらその計画に乗ってやる」

場所は、娼館にあるスネフェルの部屋です。セトとトトとウーピーの三人は、ウーピーの母親が働いている娼館に交渉に来ていました。

なかはむせるほどの香油のかおりが漂っています。三十代半ばのスネフェルは薄い亜麻布を纏《まと》い、セトをじっと睨みつけています。

「六割じゃ多すぎる」セトはいいました。

ウーピーを見ると、彼は素知らぬ顔をして窓の外を見ていました。

話が違うとセトは思いました。ウーピーからは、母親はエムハブの家族から奪った財宝の一割を渡すだけで協力するといわれていたのです。

「あんたは、ただこの場所を俺たちに貸すだけだろ。危険なことをするのは俺たちだ」トトがいいました。

スネフェルが自分よりも背が高いトトを一歩も引かずに睨みつけます。

「あたしも危険なんだよ。攫ったあと手紙を持っていくのもあたしなんだろ。こんなことに協力したのがばれたら殺されちまうんだからね」

　しばし、トトとスネフェルが睨み合います。

　セトは大げさに首を振りました。

「よし、わかった。じゃあ、今度の計画はなしだ」

　するとウーピーがセトの腰布を摑《つか》みました。

「それは駄目だよ。書記官から財宝が盗れるんだよ。セトも完璧な計画だっていっただろ」

　ウーピーの手を払いのけます。

「完璧だったとしても、これじゃあ儲けが少なすぎる。やる意味がない」

　ウーピーが母親に近づきました。

「かあちゃん、頼むよ。もう少しさげてよ」

　母親はむっとした顔でセトを見ています。

「よし、行こう」

　セトはトトを促しました。来たときと同じように窓を通って出ていこうとします。

「わかった。三割でいい」スネフェルがいいました。

「二割だ」セトは振り返って言下にいいました。「それ以上だったら、あんたとは組まない」

スネフェルはきつくセトを睨みつけます。

数秒睨みつけたあと、スネフェルはようやく頷《うなず》きました。

決行の日はそれから十日後になりました。その日にエムハブが娼館を訪れるからです。

決行までのあいだも子供たちは働きます。なかでも一番よく働いたのはウーピーでした。スリの得意なウーピーは母親の分け前が当初の約束より多くなったのを気にしてか、朝から晩まで街に入ってスリをして稼ぎました。

ネイトはエムハブを娼館の二階から落としたときに受けとめる布を用意し、トトはパピルスに指示書を書きました。セトは財宝の受け渡し場所に指定する死の谷を下調べして、逃げ道を考えました。

いよいよ決行の日がやってきました。

セトとウーピーは棍棒《こんぼう》を持ち、娼館の二階にあるスネフェルの部屋でエムハブが来るのを待ちました。ふたりは戸の両側に立ち、亜麻布でできた袋を頭に被っています。目のところだけ穴があいています。これもウーピーのアイデアです。こうしたら顔を見られずにすむというのです。顔を見られなければエムハブを解放したあと、報復を受ける恐れがありません。この亜麻布の袋はネイトが縫いました。といってもこんな形状のものを縫うのは初めてだったので、あまりうまくはできず、かなり窮屈なものになりました。それに……。

「息苦しいな、これ」セトが向かいで同じように袋を被っているウーピーにいいました。

「……そうだね」

目の部分だけは穴があいていますが、口の部分には穴はありません。まだ彼らは目出し帽を見たことがなかったので、そこまでは思いつかなかったのです。

苦しくとも、しばらくはこの恰好《かっこう》で過ごさなくてはなりません。

窓の外にはトトとネイトが厚手の布を広げて待っています。ふたりは、エムハブが窓から落とされたときに受けとめる役目です。

メルトは森で待機しています。

「かあちゃん、いつもエムハブは同じ時間に来るの?」ウーピーがスネフェルに尋ねました。

「まあ、だいたい同じくらいだね」床に寝そべったままスネフェルが答えます。スネフェルは手足を縛られています。暴漢に襲われたことを演出するためです。

「かあちゃん、あれは何?」ウーピーがベッドの上を指さしました。そこに髪の毛を細長く結ったものが置いてあります。毛の先にはリボンがつけられています。

「ああ、あれかい。あれはエムハブが使うんだよ」

この部屋はエムハブがいつも来るときと同じ状態にしておくようにスネフェルには頼んであります。

「使うって何に？」ウーピーが問います。

「決まってるだろ。頭につけるのさ」スネフェルがなんでもないといったふうに答えます。

「どうして？」

エムハブは頭を剃《そ》りあげています。そんな頭につければまるで子供のような頭になってしまいます。

当時のエジプトの幼い男の子は、髪の一部だけを残してあとは剃りあげるのが一般的でした。中国の辮髪《べんぱつ》のようなものです。働き始める十歳くらいには、その髪の毛を落とすのが慣習になっています。

ベッドの上には、ほかにも木製の車輪のついたライオンのおもちゃが用意してあります。

セトがスネフェルのかわりに答えました。

「あいつには、そういう趣味があるんだよ」

「そういう趣味ってどういうこと？」

「つまり子供になりたいんだろ。趣味ってのはいろいろあるんだよ。それよりも黙って棍棒を構えてろ」

まだよくわからないといった様子でウーピーは首を捻っていましたが、セトはそれ以上説明しませんでした。正直セトにもエムハブの嗜好《しこう》は理解できません。ただ、娼館にはそういった恰好で行為をおこなう者がいることを聞いたことがあるだけです。

しばらくして足音が近づいてきました。

セトとウーピーが身構えます。

樫《かし》の木戸がぎいっと音を立てて開き、禿頭が見えました。身体の大きな男です。

「どうしたんだ？」

エムハブが部屋の真ん中に縛られているスネフェルを見て声をあげました。急いでスネフェルに駆け寄ります。

セトは背後からそっと近づくと、エムハブのうしろ頭を棍棒で思い切り殴りつけました。

「うっ！」

エムハブがうしろ頭を押さえて跪《ひざまず》きます。そこに今度はウーピーが棍棒を振りおろしました。

エムハブは、さっと振り返って手をあげると、ウーピーの棍棒を摑みました。

「お前たちは何なんだ？」

セトは驚きました。うしろ頭を力いっぱい叩いたはずなのに、エムハブはそれほどダメージを受けていないのです。

ウーピーは棍棒を摑まれたことに動揺し、必死にさがって棍棒をエムハブの手から離そうとしました。が、エムハブは棍棒をしっかりと握ったまま離しません。

セトはエムハブにもう一撃を繰り出そうと突進しました。

エムハブはセトを見ると、ウーピーの棍棒を自分のほうにぐいと引き寄せてとりあげました。その棍棒でセトの一撃を受けます。そしてセトの棍棒を力で撥《は》ねのけるとセトの腹を横殴りしました。セトは身体をくねらせて倒れました。

エムハブは立ちあがって、今度は怯《おび》えてしゃがみこんでいるウーピーを上から思いきり叩きました。

ウーピーはエムハブの迫力に押されて戦意喪失したようにその場にうずくまったまま動きません。エムハブは頭を抱えたウーピーを容赦なく叩き続けます。

「お前たちは誰なんだ？　誰の差し金でやってきた？」

セトは起きあがると、棍棒を構えました。横っ腹が火傷したように熱く痛みます。亜麻布の袋のせいで視界が狭く、なかなか状況が摑めません。

エムハブがセトに近づいてきました。エムハブは武術の心得があるようで、様になった構えをしています。

一対一で戦ったら負けるな、とセトは思いました。子供同士の喧嘩なら負けない自信がありますが、武術の覚えのある大人だと話は別です。しかも、エムハブは大男です。

ですが、この状況になったら戦うしかありません。

セトはエムハブの身体を狙わずに手を狙って棍棒を振りおろしました。急所以外の場所は意外に防御の意識が薄いものです。狙いは的中し、エムハブの棍棒を落とすことに成功しました。

エムハブは痛そうに手を振ると、顔を真っ赤にしてセトに突進してきました。セトが体勢を整える前にエムハブの手が伸びてきてセトの喉を捉えました。

巨体が身体にのしかかってきて、セトはそのままうしろに倒されました。こうなると、もうどうすることもできません。エムハブの腕を掴みますが、その腕はまるで丸太のように太くてまったく動きません。横目でウーピーを見ましたが、ウーピーはまだ倒れています。

息が苦しく、自分はこのまま死ぬんだ、と思いました。

そのとき——。

カン、と大きな金属音が部屋に響きました。

直後、エムハブの手が緩んだかと思うと、巨体がセトに覆い被さりました。

「うっ……」

巨体で身体が潰されそうです。必死にその大きな身体を押しのけようとしましたが、エムハブはまったく動きません。

「早く手伝いな」ウーピーの母親のスネフェルの声が聞こえました。

スネフェルとウーピーの姿が見えます。ふたりがかりでエムハブの身体をセトの横に落としました。エムハブは意識がないようです。

「……何が起こったんだ?」セトは咳《せ》きこみながらスネフェルに尋ねました。

「あたしがこれで殴ったんだよ」スネフェルがそばにあった長方形の鏡を示しました。

当時の鏡は、銅と錫《すず》の合金でできていて非常に重いものです。スネフェルの手足はそれほどきつく縛ってはいなかったので、いつのまにか縄を抜けたのでしょう。

「まったく、あんたたちは何やってんだい。こんな男ひとり倒せやしないで」

「いまの騒ぎは誰かに聞かれなかったかな?」ウーピーがスネフェルに尋ねます。

「大丈夫だよ。いつもはもっと大きな声を出してるんだから」

ウーピーがエムハブの身体を触りました。

と思うと、大きな声で叫びました。

「かあちゃん！」

「なんだい。うるさい子だね」

「……こいつ、死んでる」

「死んでる？」

スネフェルの声が裏返りました。

ウーピーのいったとおり、エムハブはすでに息をしていないようでした。身体を足でつついてもまったく反応がありません。

「どうする？」ウーピーがセトを見ます。

「どうするって……」

これでは計画は失敗です。計画では、エムハブの命と交換に財宝を得るはずだったのです。エムハブの命がなければ何とも交換できません。

──いや……。

「ウーピー、母親をもう一度縄で縛るんだ」セトが命令しました。

「え、なんでだよ。エムハブは死んじゃったんだよ。やばいよ。すぐにこの街から逃げようよ」

「まだ大丈夫だ。このまま計画を続行する」

「どうやって？」

「いいか、よく聞くんだ。エムハブが死んでも、まだエムハブの家族はそれを知らない」

「でも、これじゃあ、交換できないじゃないか？」

「交換しなくたっていいんだよ。エムハブがいなくなればそれでいい。とにかく母親を縛るんだ」

ふたたび縛られたスネフェルはすっかり血の気の引いた顔をして呆然《ぼうぜん》としていました。いまさらながらに自分のしてしまったことに驚いているようです。いつもの威勢のよさはすっかりなくなっていました。

「よし、遺体を運ぶぞ」

セトが上半身を摑み、ウーピーが脚を持ちあげました。

「なんて、重いんだ」

ウーピーが唸《うな》りながらいいました。

確かにそれはかなりの重さでした。ぐったりしたエムハブは信じられないほどの重さになっています。

スネフェルを縛る前に彼女に手伝ってもらえばよかったと後悔しながら、セトは力を籠めてエムハブの巨体を持ちあげました。

ようやく窓のそばまで運び、下にいるトトとネイトに合図します。

「落とすぞ」

頭から外に落とします。

下で大きな音がしました。厚手の布を使ったはずですが、地面に落としてしまったようです。

「俺たちも降りるぞ」

縄を使って降りて、セトとウーピーは娼館をあとにしました。

四人がかりで街の境にある白い壁の前まで運びます。あらかじめあけておいた壁の穴を通してエムハブを街の外に出しました。

エムハブの身体をロバに載せます。四人はロバの横で歩きました。

うしろを見ましたが、追っ手が来る様子はありません。

「でも、どうしてエムハブは死んじまったんだ?」トトがセトに尋ねました。

「お前が落っことしたからだろ」ウーピーがトトに嘘をつきました。

「いや、落ちる前からもう死んでた」とトト。

「どうして、そんなことがわかるんだ?」とウーピー。

「落ちるときの様子を見てりゃわかるさ。上で何かあったんだろ。ひどい物音もしてたしな」

セトはふたりのいい合いにうんざりして、いいました。

「スネフェルが鏡でエムハブを叩いて殺しちまったんだよ!」

それでなくても考えることが多すぎるのに、こんなくだらない喧嘩を聞いている気分ではありません。

「でも……この人、まだ生きてるよ」ふいにネイトがいいました。

「何?」セトはネイトを見ました。ネイトはエムハブの顔の前に手をかざしていました。

「だって、ほら、この人、まだ息をしてるでしょ」

「ほんとうか?」

セトもネイトと同じようにエムハブの顔の前に手をかざしました。

微かですが確かにエムハブは息をしています。

セトはウーピーを睨みました。

「おい、エムハブは生きてるじゃないか」

「ほんとうに？　さっきは間違いなく息をしてなかったよ」

「なんでもっとよく確かめなかったんだ？」

「セトだって死んだっていったじゃないか」

「俺は死んだなんていってない。……まあ、いい」

結果よければすべてよしです。どのみち計画は続行しています。生きていれば、予定どおりにことが進められます。

――よかった。

とセトは心から思いました。

いくら悪辣非道な男であったとしても命を奪うことまではしたくありません。セトたちのグループはさんざん悪事を働いていましたが、これまで誰かの命を奪ったことはないのです。

――ともかく、これで心置きなくエムハブの財宝をいただける。

森にある彼らの隠れ家に着くと、エムハブを横に寝かせました。エムハブはまだ気を失っています。ネイトとメルトがエムハブの世話をしました。といってもそれは、エムハブの身体を拭いたりするぐらいですが。

あしたはセトとトトのふたりで死の谷で財宝が落とされるのを待つことになります。隠れ家の外に立ち、耳を澄ませても、エムハブを捜索する追っ手が来る気配はありませんでした。

もう寝ようと思い、セトが焚火を消そうとしたときです。

ネイトが慌てた様子で駆けてきました。

セトの前まで来て、膝に手をつき、荒い息を吐きます。頭には亜麻布の袋を被っています。エムハブが目を覚ましたとき、顔を見られないようにするためです。いまは、離れた場所でエムハブの世話をするネイトとメルトだけが袋を被っています。

「どうしたんだ、ネイト。何かあったのか?」

ふたりだけでエムハブの世話をさせるのは少し心配だったのですが、どうやらその心配が的中したようです。

「……エムハブが目を覚ましたんだけど、どうも様子が変なのよ」

「変って、どんなふうに変なんだ?」

「あの人……子供になってるの」

「子供になったって、どういう意味だ?」

「いいから、来て」

何が起こったのかわからないまま、セトは自分用の亜麻布の袋を被ると、崖にある横穴に向かいました。エムハブを寝かした場所です。

横穴は小川のそばにあります。せせらぎが聞こえ、崖の角を曲がると焚火の明かりが見えました。

近づくと、メルトの笑い声が聞こえました。

それから野太い声。

「笑わないでよ。だって知らないんだもん。ここはどこなんだよ」

その声は間違いなく、娼館で聞いたエムハブのものでしたが、言葉遣いはまったく違っていました。

セトが近づいていくと、すっかりくつろいだ様子のエムハブがそこにいました。セトを見ると、驚いた顔をします。

「どうして、大人が来るの？　子供たちだけの集まりじゃなかったの？」

セトは呆気《あっけ》にとられてエムハブを見ました。エムハブが何をいっているのかわからなかったのです。エムハブは芯からセトに怯えているようです。巨体のエムハブは手と足が縛られた状態で必死にうしろにさがっていきます。

セトはメルトを見ました。

「あいつ、何いってるんだ?」

「セトを怖がってるのよ」

「どうして?」

そのとき、エムハブが大きな声を出しました。

「お願い! 静かにするから、ぶたないで!」

その姿はとても演技しているようには見えません。

セトはエムハブの前へ行きました。なぜだか妙に怯えている大男に話しかけます。

「お前は自分が誰だかわかってるのか?」

「ぼ、ぼくは、エンミーだよ。き、君は誰なんだい? 大人かい?」

「エンミー?」

セトは首を傾げました。〝エンミー〟とはエムハブの愛称なのでしょうか? だとしても大人のエジプト人に使うような名前ではありません。

メルトが立ちあがり、セトに近づいてきます。そして、耳元で囁《ささや》きました。

「この人ね、何も覚えてないの。それに自分は子供だと思ってるみたい。頭を強く殴られたせいじゃないかな」

——自分を子供だと思ってる? 記憶がない?

セトはこの奇妙な事態が財宝の交換に何か支障があるだろうかと考えました。

エンミーことエムハブは目を瞠《みは》ってセトを見つめています。必死にこの状況を理解しようとして、それができないことに苦しんでいるように見えました。

――大丈夫だ。なんとかなる。

セトは思いました。

エムハブが死んだと思ったときは、引き渡さないつもりだったのです。それに比べれば大したことはありません。

セトはネイトにいいました。

「このまま世話を続けろ。いいか、俺たちのことは何も話すなよ」

「どうして、何も教えてくれないんだよ!」エムハブが叫びました。「ぼくも仲間に入れてよ! お願いだからこれをほどいて!」

子供みたいになったとはいえ、あの巨体です。ふたりだけでは不安だったので、ウーピーを呼んできて、三人でエムハブの世話をさせることにしました。

セトが眠りにつく前も、エムハブが大声で何かを叫んでいる声が聞こえましたが、セトは無視しました。

エムハブの記憶がないということは、かえっていいことなのかもしれないと思いました。

自分が誰でどうやって攫われたのかわからなければ、身元を特定される可能性はかぎりなく少なくなります。

そんなことを考えながら、セトは眠りに落ちました。

翌朝、誰かの笑い声で目を覚ましました。日がちょうど顔を出したころです。野太い笑い声です。

——エムハブか。

何をやってるんだと思い、笑い声のするほうへ向かいます。

そこにはセトを除く全員がいました。皆、亜麻布の袋を被っています。どういうわけかエムハブまでが亜麻布の袋を被っています。それに——。

「おい、どうしてエムハブを縛ってないんだ」セトは怒鳴りました。

「彼なら大丈夫よ」ネイトが答えます。

「大丈夫じゃないだろ。そいつは危険な男なんだぞ」

「ぼくは危険じゃないよ。縄だってついてるよ、ほら」エムハブは腰に巻いた縄を見せます。

確かにそこには縄がありました。その縄は近くの樹に繋《つな》がっています。ですが、これではエムハブは自由に動けるも同然です。

セトはエムハブを指さしました。

「だいたい、あいつはどうして袋を被ってるんだ?」

「だって、ぼくだけ仲間外れはいやなんだもん」

大きな身体のエムハブが、まるで子供のような口調でいいます。

まわりにいた仲間がどっと笑いました。

笑えないのはセトだけです。

セトにはまったくこの状況がわかりませんでした。セトはそこに座っていたトトの腕を摑んで立ちあがらせました。離れた場所に連れていきます。

「トト、あれは、いったいどういうことなんだ?」

「あいつは安全だよ。いまのところはな」

「あれは演技じゃないのか?」

「それはぜったいに違う。前に街で同じ症状の人間を見たことがある」

「あの子供みたいな口調は何なんだ?」

「自分を子供だと思ってるようだ。もともとそういう願望があったんだろうな」

「願望って……」

これは、俗にいう幼児退行とよばれる症状です。「子供返り」や「赤ちゃん返り」と呼ばれることもあります。この症状は極度のストレスによって引き起こされることがあります。エムハブの場合、頭を強く打ったことでこの症状が出たのかもしれません。

トトがセトの背中を軽く叩きました。

「まあ、そんなに心配しなくてもいいんじゃないかな。どのみちもうすぐあいつはいなくなるんだ」

「だとしても、あいつを縛っておいてくれ。いつ記憶が戻るかわからないからな。あいつが暴れたらどうなるか知ってるだろ」

トトは頷いてエムハブのところへ戻っていきました。

日没が迫ってきて、セトとトトはロバを連れて死の谷に出かけました。夜のうちに、聖なる樹に財宝を死の谷に落とすように指示を書いた紙を貼っています。

セトたちが出ていく直前までエムハブは、メルトと一緒に騒いでいました。いまのエムハブにとってはすべてが珍しいようで、おかしな質問ばかりしてメルトを笑わせています。メルトにとっては、普段は怖いと思っていた大人が無邪気な姿で動きまわるのがおもしろいのかもしれません。

セトとトトは死の谷におりていきました。あたりに人気《ひとけ》はありません。ここは昔は水が流れていましたが、いまは涸《か》れて石ころばかりの場所になっています。

トトが上を見あげて歩きながらいいました。

「エムハブの家族はほんとうに財宝を持ってくるかな」

「持ってくるさ。家族だったら当然だろ。見捨てるはずがない」セトはいいました。

「俺たちは見捨てられたけどな」トトがぽつりと返します。

セトはロバを引く綱を持ったまま座りこみました。

「どっちにしろ、待てばわかる」

そこでふたりは財宝が落とされるのを待ちました。

日が沈み始めます。

ふたりはずっと上を見あげていました。が、いつまで経っても変化はありません。谷の底までは三十メートルはあるでしょうか。

ついに谷底に日が差さなくなりました。

「トト、財宝を落とす場所はちゃんと書いたんだろうな」セトは尋ねました。セトはヒエログリフが読めませんから確認はしていません。

「ちゃんと聖なる樹からまっすぐ死の谷に着いたところで落とすように書いたよ」トトが

むっとした顔つきでいい返します。

もうすぐ完全に日が沈んでしまいます。

暗くなってからもしばらく待ち続けましたが、谷に何かが落とされる気配はまったく感じられませんでした。あたりは静寂が支配する世界になっています。まさしく死の谷にふさわしい雰囲気です。

空に鎌のような細い月が昇りました。

「もうきょうは来ないんじゃないか？」トトがいいました。

セトは立ちあがりました。

「戻るぞ」

ひとまず隠れ家で考える必要があります。

ふたりはあたりを警戒しながら帰りました。

隠れ家に戻ると、ウーピーが走ってきました。手に松明《たいまつ》を持っています。

「財宝はどのくらいだった？」

ふたりは何も答えません。

ロバの背に何も載っていないことにウーピーが気づいて尋ねます。

「ねえ、財宝はどこに置いてきたんだい？」

「何もなかったんだ！」セトがウーピーを怒鳴りつけました。

「何もなかったってどういうこと？」

「わからない！」

セトが噛みつくようにいうと、ウーピーは怯えるように離れていきました。

セトはトトにいいました。

「あした、ウーピーを連れて街まで行ってくれ。エムハブの家の様子がどうなってるか確かめてきてほしい」

トトは頷きました。

セトはロバを繋いで寝床へ向かいます。

少し離れたところでエムハブのはしゃいでいる声が聞こえました。まだメルトとネイトと一緒に話しているようです。

セトが横になっていると、ネイトがやってきました。隣で横になります。

「セト、いったい、どうなったの？」

「……わからない。いまは何も聞かないでくれ」

セトはきつく目を瞑りました。

次の日、セトはいらいらしながらトトとウーピーが街から帰ってくるのを待っていました。トトとウーピーが街へ出かけてからかなりの時間が経っています。

エムハブは車輪のついたゾウのおもちゃで熱心に遊んでいました。メルトのおさがりです。

その姿は生き生きとしていました。顔の色つやもずいぶんよくなっています。「お腹が空いた」というたびに食事をさせているからです。食事を与えないと子供のように泣きわめくので仕方なく与えているのです。そのため、隠れ家の食料はもうほとんどなくなっていました。

正午過ぎに、トトとウーピーが街から帰ってきました。ふたりとも浮かない顔をしています。

「街の様子はどうだった?」セトはトトに尋ねました。

「それがな——」

トトの話では、街ではそれほど騒ぎになっておらず、副書記官だった男がすぐに書記官の座におさまり、人々のあいだではエムハブは娼婦を連れてほかの街へ行ったという噂が流れているようです。

「娼婦と逃げたって、スネフェルのことか?」セトはウーピーを見ました。

ウーピーはもじもじとしています。

「ウーピー、母親には会ったのか？」

ウーピーは答えようとしません。

トトがかわりに答えます。

「スネフェルが娼館から消えたんだ」

「どうして？　手紙はどうなった？　スネフェルは持っていってないのか？」

「どうもエムハブの家族は読んでないみたいだな」

「読んでないって……確かめたのか？」

「エムハブの家に行って、そこで働く奴隷に話を聞いてみたんだ。そしたら、家族の者はエムハブが家出をしたと思っているようだ」

「家出？　書記官がそんなことするはずないだろ」

「知らないよ。奴隷がそういったんだ」

「くそっ」

——エムハブが死んでいなかったことをスネフェルに伝えるべきだった……。

スネフェルは自分がエムハブを殺してしまったと思い、手紙を持って逃げたのかもしれないとセトは思いました。

セトはトトを見ました。

「もう一度メッセージを書いて、エムハブの家族のところに持っていってくれ」

「そんなことをしたら俺がエムハブを攫ったってわかるじゃないか」

「顔は見せなくたっていい。ただ家に投げこめばいいんだ」

「俺はやらない」トトがいいます。

「どうして？ 危険はないんだ。投げこむだけだ」

「だったら、お前がやればいいだろ」

セトはウーピーに顔を向けました。

「お前が行ってこい。お前の母親が手紙を渡さなかったせいでこうなったんだからな」

ウーピーは俯《うつむ》いたまま何もいいません。母親がいなくなったことが余程ショックだったのかもしれません。

「よし、じゃあ、俺とウーピーのふたりで行こう。トト、もう一度紙にメッセージを書いてくれ」

トトが手紙を書くと、セトとウーピーのふたりはすぐに街へ向かいました。

街に以前と変わった様子はありませんでした。トトが話したように、まったく大騒ぎにはなっていません。

街の中心部へ入り、石造りの大きな邸《やしき》の前まで行きます。ここがエムハブの邸です。この邸はミニチュアのイネブ・ヘジといった造りになっていて白い壁で囲まれています。壁はセトが手を伸ばしたほどの高さまであります。

壁の外を巡り、どこにパピルスを投げこもうかと考えましたが、これだけ広いと、場所が悪ければ誰にも見てもらえない可能性もあります。

もう一度正面の門まで戻ってきます。

「どうする?」ウーピーが不安そうにセトを見ました。

「そうだな……もう少し様子を見てみるか」

ふたりは門の前でしばらく佇《たたず》んでいました。立派な身なりをした男女が多く行き交っています。ここはイネブ・ヘジのなかでも裕福な者が住む地域になっています。

そのうち、門からエムハブ家の奴隷と思しき男が出てきました。頭に壺《つぼ》を載せて運んでいます。

――そうだ。

「行くぞ」ウーピーの手を引き、男のあとを歩きました。

奴隷の男は商店の建ち並ぶ通りに入っていきます。果物を買っているようで、店でナツメヤシとザクロを壺に入れました。

男が人通りの少ない路地に入ったとき、セトはウーピーに、

「見張ってろ」

といい残し、亜麻布の袋を被って男に近づきました。廻りこんでケペシュを抜くと、男の喉に刃をぴたりとつけます。ケペシュとは鎌型の剣のことです。

「動くんじゃない」

「ひっ」男は頭の上の壺に手をやり、硬直しました。

「あんたを傷つけるつもりはない。ただこちらのいうことを聞けばいい」

「な、何をするんだ」男は顎をあげて必死に刃から離れようとして、いいました。

男の胸にパピルスを押しつけます。

「これをエムハブの妻に渡してくれ」

「わ、わかった」

「あんたの顔は覚えたからな。渡さなかったら首を斬りにまた来る」

「かならず渡す」

すっとケペシュを引くと、セトは男を残して去りました。

セトとウーピーは、エムハブ邸の向かいにある家の塀に隠れ、様子を観察しました。奴隷の男はすでにエムハブ邸に帰っています。エムハブの妻はもうメッセージを読んだはずですが、邸に動きはありません。

と思っていると、門からエムハブの妻が出てきました。エムハブの妻はこの街ではよく知られた人物です。エムハブ以上に強欲だという噂です。隣に誰かいます。

——あれは、確か副書記官だった男だ。

ふたりは親密そうに抱き合いながら出てきました。

エムハブの妻は零《こぼ》れんばかりの笑みを浮かべています。連れの男が話す声が聞こえました。

「誰が攫ったにせよ、助けに行かなければ始末してくれるとはいい話だ。これで完全にエムハブが戻ってくる心配はなくなったな」

「ほんと、ただの家出じゃなくてよかった」

その会話を聞いて、セトは愕然《がくぜん》としました。

——エムハブの妻は、エムハブがいなくなったことを喜んでいる……。

エムハブの妻はもともと財産家で知られた家の出身です。彼女が平凡な書記だったエムハブを引きあげて書記官にしたといわれています。

今度は、副書記官を夫にするつもりなのかもしれません。

——だとしたら……。

死の谷に財宝を落とすはずがありません。

「くそっ。帰るぞ」

ウーピーにいい、セトたちは街を出ました。帰ってもう一度計画を練り直す必要があります。もし練り直せるほど、まだこの計画が破綻《はたん》していなければの話ですが。

帰る道すがらも、帰ってからもセトは必死に考えましたが、もはやこの計画を立て直すことはできないように思われました。

エムハブの妻はエムハブに帰ってほしくないと思っているのです。どう考えても取引できるはずがありません。

セトは皆とは離れてひとりで考えていましたが、賑やかな声が聞こえて振り返りました。仲間とエムハブが騒いでいるのです。いまでは顔を覆う者は誰もいません。馬鹿らしくなったからです。エムハブは自分のことを完全にエンミーだと思っているのです。

エンミーは奇妙なダンスを踊ったり、おかしな歌をうたったりして始終みんなを笑わせています。そもそも一挙手一投足がおかしいのです。巨体でいかつい顔なのにその口から出てくるのはまるで幼児のような言葉です。セトを除くみんなが笑い転げていました。

セトはしかめ面をしてみんなのところに近づいていきました。メルトがエンミーに魚の食べ方を教えているところでした。エンミーは、きょとんとした顔つきでメルトを見ています。皆はそれを見て笑っています。

「いい、エンミー。ちゃんと骨を取らなきゃ駄目なのよ」メルトが諭すように話しています。

エンミーはメルトの前で巨体を縮こまらせてちょこんと座り、神妙な顔つきでそれを聞いています。

「おい、みんな！」セトは大声を出しました。皆の注意がセトに集まります。

セトはエンミーを指さしました。

「あした、そいつを解放する」

「え、財宝はもらったの？」ウーピーが訊きます。

「いや、財宝はない。誰も財宝はくれない。ただ、そいつを解放するだけだ」

「そんなの駄目よ！　エンミーは仲間なのよ」メルトが大きな声を出しました。

「そいつは仲間じゃない！　書記官だ！」セトも大声でいい返します。

「ぼくは帰りたくない！」エンミーが叫びました。

セトは驚いてエンミーを見ました。

「帰りたくないって……自分の家に帰れるんだぞ。あんた、大人だろ。家にはあんたの妻も子供もいるんだ。会いたくないのか？」

「ぼくは大人じゃない！　それに、そんな知らない人のところには行きたくない。ここがいい！」

「……ここはお前の家じゃないぞ」

「そんなのひどいわ。この人はいい人よ」こちらはネイトです。

セトは呆《あき》れて仲間を見まわしました。

「いいか、お前たち。よく聞け。もう食料が底をつきかけてるんだ。そいつが食べ過ぎるせいでな。もう一度いう。これは決定だ。あしたそいつを解放する」

トトがセトに近づいてきます。

「セト、考えたんだけどな、あいつを仲間に入れてもいいんじゃないかな。あいつは気のいい奴だぜ」

「お前まで何をいってるんだ」

このなかで一番冷静だと思っていたトトにまでそういわれて、セトはショックを受けました。

トトがエンミーを見ながら話します。

「あの身体だし、何かと役に立つと思うんだ」

「ぼくは役に立つよ」エンミーの声が聞こえます。

「お前は黙ってろ！」セトはエンミーを怒鳴りつけました。

それから皆を見ました。

「お前たち、どうかしちまったんじゃないのか？　そいつは大人なんだぞ。役に立つはずがないだろ」

「ぼくは子供だよ」とエンミーが小さな声で反論します。

トトがセトの肩を持って話します。

「なあ、セト、一度確かめたらいいんじゃないかな」

「確かめるって何をだ」

「あいつが役に立つかどうかをさ」

「どうやって？」

「たとえば、旅人を襲わせてみるってのはどうかな？　あの巨体だし絶対に相手は怯えるはずだろ」

古代エジプトでは街はそれぞれ離れています。街を行き来できるのは裕福な商人だけです。そういった商人を襲うこともセトたちの仕事のひとつでした。ただ最近は商人たちは用心深くなっていて護衛をつけることも多く、その機会はめっきり減っていました。

セトはエンミーを見ました。エンミーは巨体を縮こまらせてセトを見つめています。

セトは皆にいいました。

「いいだろう。あしたエンミーにひとりで旅人を襲ってもらう。それが成功したら仲間にしてもいい」

「やった！」メルトが歓声をあげました。

セトは早く眠りにつきましたが、ほかの仲間たちは夜遅くまで熱心にエンミーに強盗の仕方を教えていました。

次の日の朝、皆で街と街を繋ぐ街道へ出かけました。そこはほとんど道には見えませんが、ここを通るのが最短距離になるために砂漠であっても通り道になっているのです。砂漠のなかのくぼんだところに皆は集まりました。道からここは見えません。

「いいか、襲うのはエンミーひとりだ。ほかの者は手出しをするんじゃないぞ」セトは皆に告げました。

皆が頷きます。メルトだけはまだ不満そうでしたが、しぶしぶ頷きました。

ひとりで商人を襲うことは、ほとんど不可能であることがセトにはわかっていました。巨体ですが、あのしゃべり方では恐れる者はいません。

いざとなったら助けるつもりですが、そうなればエンミーは失敗したことになります。

確かに、トトのいったようにエンミーには利用価値があるかもしれません。力は相当あります。それに……いまは気のいい奴だということも認めざるを得ません。とにかく笑いをさそう存在です。

ただ、記憶を失う前は強欲な大人だったのです。その記憶が戻ったときはグループ全体が危険に晒《さら》されます。この判断はまちがっていない、とセトは思いました。

しばらくして、遠くで砂ぼこりが見えました。

「来たぞ」ウーピーがいいました。

セトは、目の上に手をかざしてそのほうを見ました。

ロバが二頭の幌《ほろ》のついた荷車です。

——こいつは手ごわいな。

セトは思いました。商人たちの移動手段は、徒歩かロバに乗っていくのが普通です。まだこの時代に馬はエジプトに入ってきていません。荷車をロバ二頭で引かせているのはかなり裕福な商人の証《あかし》です。そんな商人にはかならず護衛がついています。普段ならけっして手出しをしない相手です。

「よし、エンミー、準備しろ」

エンミーは覆面を被り、震えながらケペシュを握りしめました。

メルトがセトの腰布を引っ張ります。

「セト、あれはエンミーには無理だよ」

メルトは賢い子です。あの荷車をひとりで襲うのはエンミーには難しいと気づいたのでしょう。

「駄目だ。あれにする。俺たちはいま食料が尽きかけてるんだ。選り好みすることはできない」

「でも……」

セトはメルトの頭を触りました。

「心配するな。もしエンミーが危険になったときはみんなで助けに行く」

「ほんとうに？」

「ほんとうだ」

そうなればエンミーは失敗したことになるのですが、そこまでは説明しません。

「よし、みんな隠れろ」

ロバの荷車がゆっくりと近づいてきます。

身体を伏せて荷車を観察すると、荷車にはひとりしか乗っていないことがわかりました。護衛はついていません。

――くそ、エンミーの奴、ついてるな。

メルトやほかの仲間もそれに気づいて喜んでいます。相手が商人ひとりだと強盗は格段にやりやすくなります。

五メートル手前まで荷車が近づいたとき、エンミーが雄たけびをあげ、大ぶりのケペシュをかかげて飛び出していきました。仲間が教えたとおりです。

荷車に乗っていた男は驚いてロバを停めました。

エンミーが野太い声でいいます。

「ぼ、ぼくは強盗だ。お、大人しく積み荷を渡すんだ。そ、そうすれば命だけは助けてやるぞ」

しゃべり方はともかく、さすがに巨体のエンミーは迫力があります。

そのことをエンミー自身はわかっていないのでしょう。脚がぶるぶると震えています。

相手にそのことを気づかれなければいいが、とセトは思いました。

「は、早くするんだ！」

エンミーが大きな声を出しました。

「わかったから、ちょっと待ってくれ」

どうやら荷車の男はエンミーの巨体に怯えているようです。

荷車に積んであったひとつの箱を持って男が降りてきました。エンミーの前にそれを置きます。

「その箱には何が入ってるんだ？」エンミーが尋ねました。

「宝石と貴金属です」

エンミーが男のうしろを指さしました。

「まだ箱がある。全部よこせ」

「あれは、わたしの全財産です。それだけは勘弁してください」

「うるさい！　全部よこすんだったら、よこすんだ！」エンミーは仲間の役に立ちたい一心でかなり気負っているようです。

そのとき、男がはっとした顔をしました。目を瞠ってエンミーをじっと見つめます。

「その声は……もしかして……お父さん？」

「な、何をいってるんだよ？」

男がエンミーに近づきます。

エンミーはうしろにさがります。

「その身体つきとその声……お父さんでしょ。わたしはあなたの息子のファンテです」

「ファンテ……」

呟《つぶや》いてエンミーの身体が硬直しました。

直後、男がエンミーに駆け寄り、その大きな身体をひっしと抱きしめました。

「お父さん！」

エンミーの身体は固まったままです。

男がエンミーの顔を見あげて問います。

「どうして顔を覆ってるんですか？」

「ファンテ……」エンミーはもう一度いいました。

エンミーの手からケペシュがするりと落ちて砂に刺さりました。


セトは驚いてその光景を見ていました。ほかの者も同じです。

——あの男はエムハブの息子？……。

どうして、エムハブの息子がここに……。

ファンテと名乗った男が話す声が聞こえます。

「お父さん、一緒にイネブ・ヘジに帰りましょう。わたしはお父さんを捜しに街を出たのです」

「……お前は息子……」その声はエンミーと名乗っていたときの話し方とはまるで違っていました。

ファンテがエムハブの被っている亜麻布の袋を頭から外しました。

「やっぱり、お父さんだ」男がはらはらと涙を流します。

「わたしは……わたしは……記憶を失くしていたようだ……」エムハブはすっかり顔つきが変わっていました。そこに子供っぽさはありません。

「そうだったんですか。心配しました。それにしてもどうしてこんなことをしてるんですか?」

エムハブはあたりを見まわしてから視線をファンテに戻しました。

「……わからない」

「ともかく家に戻りましょう」

エムハブは、息子の声を聞きながら徐々に思い出していました。

どうして記憶を失ったのか、街で攫われてからどうなったのか……。

あれほど幸せな時間を過ごしたことはエムハブの人生で一度もありませんでした。あのとき、エムハブは自分が生きていると実感できました。

心から笑い、気のいい仲間とはしゃぎ合う——ただそれだけのことですが。

エムハブの人生には子供時代がすっぽりと抜け落ちていました。幼少時代は書記になるために過酷な勉強をし、ほかの子と遊んだことなど一度もありません。エムハブの両親は彼を書記にすることに固執していました。成績が悪ければ容赦なく叩かれ、食事もさせてもらえません。エムハブは、書記になればきっと幸せになれると信じて地獄のような少年時代に耐えてきました。

しかし、いざ書記になってみると、それは自分が思い描いていたものとはまったく違っていました。無味乾燥で面白くもない仕事をただ延々と繰り返すばかりです。そして書記官となり、確かに莫大な財を得ることはできましたが、それらはまったくエムハブの心を満たすことはありませんでした。

エムハブはあたりを見まわしました。そこに子供たちがいるはずですが、姿は見えません。

ファンテがエムハブに話しかけています。

「わたしはこの財宝を使ってお父さんを捜すつもりだったのです。お父さんがいなくなってから家も神殿もめちゃくちゃになっています。息子のファンテも書記のひとりです。書記は神殿で公務をしています」

ファンテが涙声で訴えます。

「母はわたしを家から追い出しました。あの女はお父さんのこともわたしのことも見捨てたのです。そして財産の一部を渡して、わたしにひとりで暮らすようにいいました。あいつはいま副書記官だった男と一緒に暮らしています」

ファンテはいまの妻の子ではありません。病気で亡くなった前の妻の子供です。ファンテと継母との関係はもともとよくありませんでした。

「……わかった。街に帰ろう」

エムハブはファンテの肩を抱くと、荷車に向かって歩きました。

荷車の前まで来て、エムハブは、ぴたりと立ち止まりました。

「ファンテ、財宝をすべておろしてくれ」

「財宝を？　どうしてですか？」

「ここに置いていくんだ」

「何のためですか？」

「砂漠の神に供えるためだ。わたしは砂漠の神によって助けられた」

「砂漠の神?」

エムハブはしばし考えこんだあとで訂正しました。

「いや、砂漠の神々だな。さあ、急げ」

エムハブとファンテはふたりで荷車に載せてあった財宝の入った箱をすべて砂漠の上に置きました。

エムハブはあの子供たちの生活を思い出していました。毎日の食事にも困るような過酷な生活です。それでも彼らは毎日を楽しみ、懸命に生きていました。日々生きるための方策を考え、必死に生き抜いていたのです。

息子のファンテには自分がいますが、あの子供たちを守ってやる者は誰もいません。少しでも彼らの役に立つことができればとエムハブは考えたのでした。

エムハブとファンテは空になった荷車に乗り、ロバの向きを反対側に向けます。イネブ・ヘジの方角です。

メルトがセトの腕をきつく摑みました。

「セト、どうして動かないの? エンミーが盗られちゃうよ」

「盗られるんじゃない。エンミー、いやエムハブは家に帰るんだ」

「助けないの？」

「助けない……」

セトはあの息子の気持ちが痛いほどわかりました。それはセト自身が長年夢見た光景でもありました。セトも自分の父と再会できることをどれだけ願ったかしれません。しかしその願望が叶えられることはありませんでした。セトの父はセトが幼いときに亡くなっています。

いま目の前でその願望を叶えた者がいるのです。彼らの邪魔はできません。

メルトが食いさがります。

「どうして？　エンミーは仲間だよ。ちゃんと強盗に成功したじゃない！」

セトはメルトに向き合うと、その両肩を持ちました。

「メルト、よく聞いてくれ。エンミーの息子にとって父親はエンミーだけだ。メルトもほんとうの父親に会ったら一緒に暮らしたいと思うだろ」

メルトは泣きそうな顔になりました。

「でも、いやだよ。わたしはエンミーと一緒に暮らしたい！　暮らしたいの！……エンミーはわたしたちの仲間でしょ！」

「我慢するんだ……これは仕方ないことなんだ」

セトの目から涙が零れました。

一度はエムハブを追い出そうとしたセトですが、ほんとうにそうしたかったのかどうか、いまとなってはわかりません。隠れ家に来てからというもの、エンミーとなったエムハブは憎もうにも憎めない男でした。エムハブの息子があれだけ喜んでいる姿を見ると、エムハブのことを誤解していたのかもしれません。

隠れている子供たちは皆、走り去る荷車をじっと見つめていました。誰もが目の前の光景に心を奪われていたのです。

それは彼らが心から望む光景でもありました。普段は平気な顔をして生活していますが、皆、肉親との再会を夢見ながら生きているのです。

メルトが泣きだすと、ほかの子供たちもつられて泣きだしました。いつも冷静なトトさえも声をあげて泣いています。

それぞれの胸に浮かんでいたのは、エムハブが家族に会えてよかったという嬉《うれ》しさと仲間を失う悲しさが入り混じった複雑な思いでした。

それぞれの目に映る荷車が涙で霞んで見えました。

いつまでも彼らはその場で泣き続けました。

「お父さん、何か変な音が聞こえませんか？」

ファンテがロバの綱を引きながらエムハブに尋ねました。

「いや、聞こえないが……」

「何だか、まるで誰かが泣いているような声です」

「……あれは風が砂を吹く音だよ」

「あんな音がするのですか？」

「……」

「お父さん、どうしたんです？　なんで泣いてるんですか？」

「砂が目に入っただけだ。さあ、街へ急ごう」

ふたりの乗った荷車が砂ぼこりをあげて走っていきます。

砂漠を過ぎたあとも、エムハブの心のなかでは、ずっと、そのとき聞いた砂の音が鳴り響いていました。

こうして人類最初の誘拐事件は幕を閉じたのです。ラーの子供たちこそが、人類史上初めて人を誘拐して金品を得ることに成功した者たちでした。

エムハブはイネブ・ヘジに戻ったあと、息子の手助けもあり、無事に書記官の地位を奪還し、強欲な妻と副書記官を追放しました。

かつてのエムハブはいつもいらいらしていましたが、砂漠から戻ったあとは、仕事を楽しめるようになり、ときには子供のように笑うこともあったそうです。その後、エムハブは、財産のかなりを使って身寄りのない子供たちのための施設をつくったといわれています。ずっと神の名を持つ子供たちのことを忘れなかったのでしょう。

スネフェルは、エムハブが生きていることを知ると、何食わぬ顔をして、娼館に戻ってきました。

あの子供たちのほうは砂漠に残された財宝を持って別の街へ行きました。その財宝は、エリートである書記官にとっては財産の一部に過ぎませんが、子供たちにとっては大変な額の財宝でした。彼らはその財宝を使って一生安泰に暮らしたとのことです。

「友思い鳴り響くかな砂の音」

エムハブが死んだあと、息子のファンテは、父親が長年信仰していた砂漠の神々を讃えるために神殿を造ることにしました。しかし、そこには問題がありました。神の名がわからなかったのです。生前、何度も父に尋ねましたが、エムハブはけっして神の名を明かすことはありませんでした。

エムハブとしては、子供たちを守るためだったのかもしれません。仕方なく、ファンテは神の名を記さないまま神殿を建てました。

それが「神不在の神殿」として砂漠に残ったのです。

いつの世も誰かを慕う心は変わらないようでございます。

今回はこのへんで終わりにしたいと思います。


〈ジングル、八秒〉


お話は、国立歴史科学博物館の鵜飼半次郎さんでした。次回は来週月曜日午後十一時からの放送になります。

砂漠ってやっぱりロマンがありますね。

ナビゲーターは漆原遥子でした。

それではまた次回の放送でお会いしましょう。

人類最初の密室殺人

皆さま、こんばんは。

エフエムFBSラジオ『ディスカバリー・クライム』の時間です。ナビゲーターは漆原遥子です。

この番組では知られざる人類の犯罪史を振り返っていきます。

第五回目の今夜は、「人類最初の密室殺人」です。

お話しするのは、国立歴史科学博物館の鵜飼半次郎さんです。

ここで皆さまにお知らせがあります。今夜で『ディスカバリー・クライム』は最終回となります。

これまでのご愛聴ありがとうございました。

そこで、今回は最終回特別企画と題しまして、現場からの生放送で番組をお送りします。

鵜飼さん、聞こえますか？

「はい、聞こえます」

それでは、鵜飼さん、お願いします。

〈ジングル、八秒〉

えー、人類最初の密室殺人は、誇っていいものやらどうかわかりませんけれど、ここ日本でおこなわれました。

密室殺人といいますと、当然、殺人現場となる密室が必要になるわけですが、その遺構《いこう》がこの日本で発見されたのです。

いま、わたしはその現場に来ています。

今夜は皆さんを千八百年ほど前の日本へとお連れいたしましょう。

〈マリンバの調べ、二十秒。続いて稲妻の音〉

弥生《やよい》時代の終末期のこと。

当時、日本列島にはさまざまな国がありました。イキ、マツラ、イト、ナ、ホミ、トマ……。

そのひとつにヤマと呼ばれる国がありました。民の数はおよそ二千、そこはあるひとりの女性が治めています。

彼女の名は、ヤソミコ。

ヤソミコは超自然的な力を持つといわれ、皆から大変恐れられていました。民が信じるところによりますと、ヤソミコは山の神に通じ、彼女に逆らうとその神に襲われるというのです。

これはこの国の裁判のようなもので、「山のお裁き」と呼ばれていました。罪に問われた者を山の洞窟に入れ、罪の有無を問うのです。山のお裁きでは、無実の者は無事に戻ってこられますが、罪ある者は山の神により、身体を槍《やり》で突かれて死ぬことになっています。

洞窟は、普段は閉じられていますが、山のお裁きがおこなわれる前には自由になかに入ることができました。そして、洞窟のなかに誰もいないことを確認してから山のお裁きが始まるのです。

洞窟はそれほど広くありません。立ったままの人間ですと、二十人がやっと入れるほどの広さでしょうか。出入口はひとつだけで人がひとり入れるほどの大きさになっています。

山の神を呼ぶ儀式は、罪に問われている者が水で全身を清められるところから始まります。それからその人物だけが洞窟に入れられ、出入口が塞がれます。

洞窟が完全に閉じられると、ヤソミコが洞窟の前で両手を広げ、身体を上下させて踊ります。それは鳥を模しているのですが、さらにそこから二十八種の動物の物真似をして見せます。それがすむと、ヤソミコはばたりとそこに倒れます。

これが山の神を呼ぶ儀式です。

その儀式が終わると、皆は洞窟の前で飲めや歌えの大騒ぎを始めます。その日だけは民は労働から解放されるのです。

数時間後、ヤソミコは兵に命じて洞窟を開けさせます。そこにはいつも槍でめった刺しにされた状態の人間が見つかりました。洞窟のなかには、ほかに誰もいません。ヤソミコは山の神が槍を刺したのだと民に説明しました。

罪ある者だけが死ぬ――ということが建前でしたが、実際には洞窟に入った者は皆、槍で突かれて死にました。無罪になることはありません。ですから誰もヤソミコに逆らえなかったのです。逆らえば、山のお裁きを受けさせられてしまいます。

いつの時代も未知なる力は畏怖の対象となるものです。

ヤソミコはこの力を使って絶大な権力を持っていたのでした。

ヤソミコに仕えている者のなかにひとりの少女がおりました。歳は十五で、痩せていて、蒼白《あお》い顔をしています。彼女の名はヒミコです。

ヒミコはヤソミコの化粧師《けわいし》でした。人に化粧をするのがうまかったので、ヤソミコはヒミコが手放せなかったといわれています。ヒミコは右脚の膝から下を失くしていて、いつも杖を持って跳ねるようにして歩いていました。

彼女が脚を失ったのは、八歳のときのことです。

その日、ヒミコは幼い妹を連れて山菜をとりに出ていました。ふたりはふいに出てきた熊に襲われ穴倉に逃げこみました。穴に入ろうとする熊をヒミコは懸命に蹴り、その際、右脚を食いちぎられてしまったのです。

幸いふたりは生き延びましたが、直後、ヒミコにさらなる不幸が襲いかかります。

ヒミコの父がヤソミコの兵に連れていかれたのです。国の倉庫から、糒《ほしいい》を盗んだのだと兵は説明しました。糒とは、米を蒸してから天日に干して乾燥させたもので、不作のときに食べられた、いわゆる非常食です。

当時はすでに稲作がおこなわれていましたが、品種改良はまだされていなかったため、害虫による被害や、天災などでたびたび不作に見舞われました。ですから非常食は大変貴重なものだったのです。

ヒミコの父は、たたら製鉄の職人でした。たたらとはふいごのことですが、当時は製鉄がさかんにおこなわれており、職人も大勢いました。そのなかでもヒミコの父は製鉄の腕がよく、職人たちを束ねる立場にありました。そんな人でしたから、民たちは驚いていました。まさか糒を盗むなんて信じられなかったのです。

ヤソミコがヒミコの父を妬んでいる、という噂もありました。あまりにヒミコの父が慕われだしたので、ヤソミコが自分の地位をヒミコの父に奪われるのではないかと恐れているというのです。

しかし、ヤソミコがヒミコの父を捕らえたほんとうの理由は誰にもわかりません。一部の民はヤソミコに公然と反発しました。ヒミコの父を解放せよ、彼は無実だ、と抗議したのです。

ヤソミコは皆に告げました。

「無実かどうか、山の神に聞けばわかる。この洞窟には山の神がいて、ご裁定をくださる」

そうして、彼を洞窟に入れてしまいました。

そのときはまだ誰も、山のお裁きがどのようなものか知りませんでした。ヒミコの父が最初に山のお裁きを受けた人だったのです。

ヤソミコは、その者が無実ならば無事に洞窟から出られると民に説明しました。

ヒミコは、父の無実を信じていました。温厚で知的な父がそのようなことをするはずがないのです。これも何かの間違いだろうと思っていました。

しかし、結局父が洞窟から生きて帰ることはありませんでした。洞窟から出てきた父の姿は、それは無残なものでした。全身を無数の槍で傷つけられ、髪は乱れて目は真っ赤に染まり、苦悶《くもん》の表情のままに亡くなっていたのです。

民たちは呆然《ぼうぜん》として、父の姿を見ました。誰もいないはずの洞窟でこのようなことが起こったのです。民はそこに〝超自然的〟な力を感じ、それ以降、ヤソミコに逆らう者はいなくなりました。


当時は罪人の家族も殺されました。

ヒミコの母は山で磔《はりつけ》にされて獣に襲われる刑を受け、妹は崖から海に落とされて殺されました。ヒミコだけはヤソミコが自分で面倒をみると民に話し、命を救われました。ヒミコは、妹を熊から救った勇敢な行為で多くの民から慕われていたので、ヤソミコは民からの反発を恐れたのかもしれません。あるいは、ヒミコはそのころにはすでに名の知れた化粧師だったので、ヒミコを自分の化粧師として独り占めしたかったのかもしれません。

当時は子供も働いていました。ヒミコが初めて人に化粧をしたのは四歳のときです。かつてのヒミコは誰かれかまわず化粧をしたので、国じゅうの女たちがヒミコのもとに集まったといわれています。当時は顔を赤っぽくすることが魅力的とされていました。赤土で頬を中心に塗り、翡翠《ヒスイ》や瑪瑙《メノウ》を砕いたものを使って目のまわりを飾ります。いまでいうアイシャドーです。

ヒミコは手先が器用で観察力が鋭く、美的感覚にも優れていたので、この国一番の化粧師といわれていました。ヒミコに化粧された女は、どんな男でも夢中になると評判でした。ヤソミコはヒミコを自分の養女にして、自分以外の女に化粧をすることを禁じました。養女とはいえ、その扱いはほとんど奴隷とかわりません。それからのヒミコはまるで死人のようにひっそりと生きてきました。

毎朝ヤソミコの化粧をするとき以外はほとんど外出しません。ヤソミコの養女ではありますが、住まいは別になっています。最低限の食事を与えられ、狭い竪穴住居で寝起きしていたのです。

竪穴住居は、地面を一メートルほど丸や方形に掘ったところに柱を立て、屋根の部分に樹皮と土を重ねて固めた建物です。外から見ると屋根しか見えない構造になっています。

ヒミコが十五歳になったある日のこと、彼女は厠《かわや》へ行くために外へ出ました。当時は文字どおり、厠は川のそばにあり、川べりから木を並べて突きだしたところで用を足しました。
ヒミコが歩くたび、ざく、ざくという音がします。ヒミコの持っている杖はツゲでできていますが、杖先だけは鉄になっています。たたら製鉄でつくられた鉄です。これは父がヒミコのために特別につくったものです。

頭の上では丸く結った髪が揺れています。当時の女性は皆この髪形をしていました。

厠から戻る途中、以前隣に住んでいたトロモというお婆さんに会いました。

トロモは、川べりに干していた栗をとりに来ていたようです。搗栗《かちぐり》子をつくるのでしょう。搗栗子とは栗を干して皮をむいて食すものです。

「まあ、ヒミコ、久しぶりじゃないの。ずいぶん綺麗になったわね」トロモが栗でいっぱいにした麻袋をかついでいいました。

「トロモ……久しぶり」

「知ってる？　また山のお裁きがあるそうだよ」

「え、また？」

つい先日も山のお裁きがあったばかりです。季節は夏でしたが、これでこの年は五度目です。前回はヤソミコのそばで働いていた女性が裁きを受けました。このころは少しでもヤソミコの気に障ることがあれば、すぐに山のお裁きがおこなわれるようになっていました。

「知らなかった」ヒミコはぽつりといいました。世間から離れて暮らしているため、いまこの国がどんな状態にあるのかほとんど知りません。

トロモが続けます。

「今度はね、ナギオが裁きを受けるのよ。ナギオは知ってる?」

「いいえ、知らない」

「ナギオはね、角力《すまい》がこの国で一番強い男でね。みんなから好かれていたから、女どもが悲しんで大変だよ」

角力とは、現代の相撲の原型と考えられていますが、ルールはまったく異なります。蹴ったり殴ったり関節技もできる、いまでいうシュートボクシングに近いものです。

トロモの話によると、山のお裁きは四日後におこなわれるそうです。

「ナギオはいったい何をしたの?」

「なんでもね、ヤソミコ様の大事にしていた剣《つるぎ》を盗んだそうよ」

「剣を?　どうして?」

ヤソミコの持っている剣は蛇の文様が記された、この地を治める者だけが持つことを許されるものです。そんなものを盗めばヤソミコの怒りを買うことぐらい小さな子供でもわかります。

トロモは麻袋を地面に置いてヒミコに顔を近づけました。小声で話します。

「ほんとうはね、ヤソミコ様はナギオのことを好いていたんだけど、相手にされなかったものだから逆恨みで山のお裁きを受けさせるんじゃないかってもっぱらの噂だよ」

ヒミコは黙りました。

いかにもヤソミコのしそうなことだと思いました。ヤソミコは若くて強い男が好きです。それにしてもヤソミコの誘いを断るなんて、ナギオという男はヤソミコが怖くはないのだろうかと驚きました。この国でヤソミコに逆らう者など見たことがありません。

「どうして、ナギオは従わなかったんだろう?」ヒミコは独り言のようにいいました。

「どうもね、ほかに好いている女がいたみたいなの。誰だかわからないんだけどね。もしヤソミコ様が知ったら、きっとその娘も山のお裁きを受けるだろうね」

トロモは話し過ぎたと思ったのか、慌てて付け足しました。

「そういえば、ヒミコはヤソミコ様に仕えてるんだったね」

「心配しないで。ヤソミコ様には何もいわないから。そもそも言葉も交わさないし」

トロモが驚いた顔をしました。

「いつも化粧してるのに話もしないのかい?」

「ヤソミコ様は、吾《あ》には興味がないのよ。ヤソミコ様が興味があるのは、化粧だけよ」

そうかい、といいトロモは麻袋をかついで離れていきました。

ヒミコは、ナギオとはどんな男だろう、と思いました。ヤソミコに逆らう男を想像することができなかったのです。

次の日の早朝、ヒミコはヤソミコの館《やかた》へ行きました。館は正方形で、まわりは濠《ほり》で囲まれ、内側にも二重の木柵が張り巡らされています。そのなかには広い竪穴住居がふたつに掘立柱建物《ほったてばしらたてもの》、祭事をおこなう石敷きの広場と井戸があります。

ヒミコが濠に渡してある橋を越えて門の前まで行くと、兵が黙って門を開けました。毎日繰り返されることですから兵は何も尋ねませんし、ヒミコも何もいいません。

ヒミコは井戸のそばをとおって掘立柱建物のなかへ入っていきました。なかには誰もいません。部屋の真ん中に座ってヤソミコが来るのを待ちます。

しばらくしてヤソミコがやってきました。筋骨隆々とした若い男と一緒です。この男の名はカムロといい、彼の両親も山のお裁きによって殺されています。当時まだ幼かったカムロをヤソミコは自分のそばで育て、忠実な兵のひとりにしたのです。

カムロがヒミコの前に来ます。

ヒミコは黙って立ちあがりました。

カムロが無表情でヒミコの身体を触ります。

彼はヒミコが武器を持っていないか確かめているのです。これも毎朝繰り返される儀式です。

ヒミコが何も持っていないことがわかると、カムロは壁の前に立ちました。そしてヤソミコがヒミコの前に座ります。

ヤソミコは長い髪を上に結い、玉鬘《たまかづら》を載せ、勾玉《まがたま》がならんだ首飾りをさげています。歳は四十を超えているでしょうが、誰も正確な年齢は知りません。毎日の厚い化粧のせいで皮膚は傷み、顔は皺《しわ》だらけになっています。日々皮膚は傷んでいき、そのせいで化粧はますます濃くなっていきます。

ヤソミコは、銀釧《ぎんせん》を数本嵌《は》めた手で乱れた髪を直してから目を瞑《つぶ》りました。

ヒミコは道具箱を開けると化粧を始めました。

太陽が窓枠の分だけ動いたころ、ようやく化粧は終わりました。ヤソミコは銅鏡でしげしげと自分の顔を見ました。納得がいっていない様子ですが、これ以上時間をかけてもそれほど変化がないことをヤソミコもヒミコも知っています。

「もうよい」といってヤソミコは立ちあがると、建物を出ていきました。カムロも一緒に出ていきます。

ヒミコはヤソミコの館からの帰り道、こんなことは初めてでしたが、寄り道をして帰ろうと思いました。牢《ろう》に寄ってみようと思ったのです。山のお裁きを受ける者がそこに入れられているはずです。

あのヤソミコに逆らった男がどういう男なのか、山のお裁きの前に一度会ってみたかったのです。

共同で管理する厩舎《きゆうしや》を越えてしばらくいったところに牢があります。牢の前には長槍を持った警備の男がふたり立っていました。

牢は樫《かし》の木を格子状にした造りになっています。ナギオを見たかったのはヒミコだけではなかったようで、何人かの者たちが牢の前に集まっていました。前に見たときは牢に向かって石を投げこむ者がいたのですが、いまはそんなことをする者はいません。皆、心配そうな顔つきで牢を眺めています。

ヒミコが群衆に近づくと、人々が道をつくりました。はっとした顔つきでヒミコを見る者もいます。この国の者たちのほとんどはヒミコの過去を知っています。父親が罪を犯し、家族全員を殺された少女——。とはいえ、人々はヒミコを蔑みの目で見ていたわけではありません。

人々はヒミコがこの国一番の化粧師であり、片脚を失いながらも勇敢に妹を熊から救った過去を知っています。父親の罪にしても、何かがおかしいと感じていました。ただ大っぴらにそんなことを口には出せないため、ヒミコと距離を置くよりほかなかったのです。

ヒミコの過去を知らない子供たちはヒミコをまじまじと見つめることがありました。子供たちの目には、杖をついてひょこひょこ歩く、美しい少女が異様に映るのでしょう。そんなとき母親は子供の手を引いてヒミコを見ないように子供にいい含めるのでした。

ヒミコは人々に混じって牢を見ました。そこには三人の男女が入っていました。ひとりは少年で隅に座りこんで縮こまっています。もうひとりは中年の女です。彼女は格子にしがみつき、ここから出してくれと訴えていました。ナギオの母親かもしれません。もうひとり、牢の真ん中にその男はいました。この男がナギオでしょう。想像していたよりもずっと小柄ですが、まるで鋼《はがね》のような肉体をした男です。顔じゅうに入れ墨を施し、目を瞑り、胡坐《あぐら》をかいてまっすぐに座っています。

ヒミコはその男を見た瞬間、はっと息を呑みました。

——父と同じだ。

顔も身体つきも違いますが、その男が発する雰囲気が父と同じものだったのです。

人々が低い声で言葉を交わすのが聞こえました。

「かわいそうに、山のお裁きを受けたら生きては戻れないだろうね」

「そしたら母も弟も殺されるね」

〝裁き〟とはいいながら、実質それは死刑と同じでした。人々もそれをわかってはいましたが、誰もヤソミコを恐れて文句をいうことはできません。

子供の声が聞こえます。

「あの人たち、どうして死ぬの?」

「しー、黙って」母親の叱る声が聞こえました。

ヒミコは、子供のいった「どうして死ぬの?」という言葉が胸に刺さりました。

皆、静寂のなかで牢を見つめています。

群衆のなかにひとり大きな女がいることにヒミコは気がつきました。髪が短く、とびぬけて背が高い女です。その女はじっとナギオを見つめていました。ほかの者がナギオを見る目つきとはあきらかに違っています。

――ナギオが好いていたのはこの娘だ。

ヒミコは直感しました。

ナギオが好いていた女性だとわかると処分を受けるため、声がかけられないのでしょう。

背の高い女の横顔を見ているうち、幼いころの自分を思い出しました。

——父が山のお裁きを受けたとき、吾もただ父が殺されるのを黙って見ているしかなかった……。

父だけではありません。母と妹が殺されても何もできませんでした。

もう一度ナギオを見ました。きつく目を閉じています。まるで強い向かい風に耐えるかのように。

ヒミコはしばらくその場から動けませんでした。

ぽつりぽつりと人がいなくなると、ヒミコもその場を離れました。呆然と家路につきます。

歩いていると、ふいにさきほどの子供の声が頭のなかに聞こえました。

〈あの人たち、どうして死ぬの?〉

——どうして?

原因はわかっています。

ヤソミコです。ヤソミコが山の神を利用して人々を粛清しようとしているのです。

——あの男は何もしていないに違いない。父と同じように……。

こんなことが許されていいのだろうか?

その瞬間、激しい衝動が胸を衝きました。その衝動が焼けるように全身に広がると、身体じゅうが震えました。

杖が手から離れ、ヒミコはその場に倒れこみました。悔しさと悲しさで涙が溢れ、地面に滴ります。

涙で濡れた地面を叩きました。

——こんなことが許されていいはずがない！

父と母、そして妹が殺されたときの光景が蘇《よみがえ》ります。頭に血が昇り、全身が熱くなります。

——ヤソミコ……そして山の神……。

山の裁きがおこなわれる場所は密室になっていますが、そこには何か仕掛けがあるはずです。これはずっと頭にあったことでした。完全な密室で人が殺されるはずがないのです。

ただ、ヤソミコが恐ろしくて考えないようにしてきただけです。

しかし、あの牢で見たナギオはヤソミコを恐れてはいませんでした。

——吾も恐れたくない。

ヒミコは人に化粧することをとおして、人の印象がいかにして簡単に変えられるかということを学んできました。山のお裁きがおこなわれる洞窟は、いまでは恐ろしい場所だと思われていますが、それはヤソミコが人々にそう感じさせるように印象を操作してきただけです。ヤソミコがあの洞窟に化粧を施《ほどこ》しているのです。

——化粧なら落とせる。

山の神さえいなければ、ヤソミコは無力です。

——なんとしても、あの密室殺人の謎を解いてみせる！

ヒミコは立ちあがると杖をとり、決然とした面持ちで歩き出しました。家にではありません。畑の広がっている場所に向かって歩きます。この時間トロモはまだ畑で働いているはずです。

トロモはビワをとっているところでした。

「おや、ヒミコ、どうしたんだい？」

「トロモ、いま話せる？」

「いいけど……いったい何だい？」

トロモは頭に巻いていた布をとると汗を拭い、畑からあがってきました。まわりに人はいません。

「背がすごく高くて髪の短い女を知ってる？」

トロモが眉をあげます。

「そりゃ、アヤメだね。もちろん知ってるさ」

「アヤメはどんな人？」

トロモが手拭いを一度パンと膝で叩いて泥を落としました。

「あの娘は戦女《いくさめ》だよ。この国の女であの娘に角力で勝てる者はいないって噂だよ」

戦女とは他国との戦に出る女性の兵のことです。当時は女の兵もいました。性別は関係なく強い者が選ばれたのです。

「角力？　アヤメは角力をするの？」

「するも何も、あの娘は女角力では負け知らずだよ。歳は十九だったかな。で、それがどうしたんだい？」

「アヤメが住んでいるところを知ってる？」

トロモははっきりとは知りませんでしたが、女角力をする仲間に聞いたらわかると答えました。

「わかったら吾の家に知らせに来てくれない？」ヒミコはいいました。

「ああ……そりゃ、構わないけど、いったい何をするつもりなんだい？」

「とても大切なことなの。吾にも汝《な》にもこの国のみんなにも」

トロモはよくわからないといった顔をしましたが、夕方にヒミコの家に寄ると約束してくれました。

夕暮れどき、小さな女の子がヒミコの家にやってきました。トロモの孫だといいます。

ヒミコはその子が赤ん坊のときに会っているはずですが、見覚えはありません。

その子は祖母に頼まれたといい、一生懸命覚えたことをいいます。

「アヤメが住んでいるのは……えっと、峠の向こうの……三本松の家」

「ありがとう」

ヒミコはその子にお礼としてクルミの入った袋を渡しました。

夜になるのを待ちます。

月が東の空に現れたころ、小屋の屋根から這い出ました。当時の竪穴住居は住居部分が地下にあるため、屋根から出入りしました。

杖を使って歩き始めます。峠の向こうまで行くとなると、かなりの距離になります。この身体になってからそれほど長い距離を歩いたことはありません。

それでもヒミコは、行こうと決めていました。

アヤメとどうしても話をしたかったのです。

月が西に傾きかけたころ、ようやく峠を越えました。ほつれ髪が汗で顔にへばりつき、疲れから全身が震えました。左脚も限界に近づいています。

この距離を帰らなければならないかと思うと気が遠くなりそうです。

大きな三本の松が月明かりを受けて草原に立っているのが見えました。あたりには松のほかに何もありません。アヤメという女はこんな寂しいところに住んでいるようです。

三本松のそばに竪穴住居がありました。葦《あし》がかけられた屋根から明かりは見えません。

ヒミコは家の前まで来ると屋根にある木戸を叩きました。

しばらく待っていると、内側から戸が開き、短髪の女の頭が月明かりに見えました。ヒミコと違い、梯子をつかわなくても立つだけで頭が出せるようです。その顔は、昼間牢の前で見た顔と同じです。

「なんだ、お前は？」

「吾はヒミコと申します」

アヤメがヒミコの脚を見ます。

「……化粧師か。何の用だ」

「汝とお話があります」

「話とは？」

ヒミコはあたりを見まわしました。誰も見えませんが、外では話しにくい内容です。

「なかで話せませんか?」

アヤメがヒミコの全身を観察します。ヒミコの身体は汗でべっとりと濡れていました。

「……わかった。入れ」ぶっきらぼうにアヤメはいい、頭が引っこみました。ヒミコは戸口のそばまで行き、横木に摑《つか》まり、手を離して落ちるようにして家のなかに入りました。

背後でカチカチと石を合わせる音がしました。振り向くと、アヤメが火を熾《おこ》していました。

当時の庶民は炉を照明に使っていました。これは地床炉《じしょうろ》と呼ばれるもので、直径七十から八十センチメートルほどの大きさで、十センチメートルほど掘りくぼめられた炉のことです。

アヤメが火に向かって穴のあいた竹を吹きます。しばらくするとパチパチと音がし始め、火が熾りました。

アヤメの家のなかには魚を干したものが数尾ぶらさがり、さまざまな長さの槍が何本か立てかけられています。

火に照らされたアヤメの顔がヒミコに向きます。

「それで、化粧師、吾に何の用だ?」

「ナギオのことです」

アヤメの顔がぴくりと動いたのをヒミコは見逃しませんでした。

「ナギオがどうしたというのだ？」

「ナギオには好いていた人がいると聞きました。それは汝のことではありませんか」

素早くアヤメが動きました。ヒミコは、アヤメが自分に向かってくることには気づきましたが、まったく動くことができませんでした。それだけの速さだったのです。気がつくと仰向けになり、アヤメが腹の上にまたがっている状態になっていました。アヤメが大きな拳を固めて、いまにもそれをヒミコの顔に振りおろそうとしています。

アヤメがその状態で静止してヒミコに問いました。

「汝は吾をヤソミコ様に売るつもりか」

「……いえ、違います……」

「では、どうしてそのようなことを聞く？」

「……ナギオを救いたいのです」

「救う？」

アヤメの手から力が抜けるのがわかります。

「どういう意味だ？」アヤメが尋ねます。

「吾は……ナギオを救いたいのです。しかし、この身体ですから、動きまわるには限界があります。それで協力してくれる人を探していたのです」

アヤメが探るような目つきでヒミコを見ます。

「本気でナギオを救うつもりなのか？」

「本気です。汝をヤソミコに売るつもりならわざわざこんなところまで来ません」

アヤメは立ちあがると、何事もなかったかのように炉の向こう側へ歩いていきました。

ヒミコはしばらく仰向けのまま動くことができませんでした。角力が強いとは聞いていましたが、アヤメの動きは想像以上でした。いままであれほど速く動く者を見たことがありません。

ようやく半身を起こすと、ヒミコは炉を挟んでアヤメに向かい合う位置に座りました。まださきほどの衝撃で身体の震えがありましたが、アヤメを真正面から見つめました。

アヤメは炉を睨《にら》みつけるようにして胡坐を組んでいます。炉の火がぱちりと爆《は》ぜ、アヤメの顔が一瞬真っ赤に染まります。

「だが、どうしてそのようなことをする？」

「きょう、牢でナギオを見ました。ナギオは無実に違いありません。吾の父も無実でした。これ以上ヤソミコの横暴を許すことはできません」

アヤメが顔をあげ、ヒミコを冷めた目で見ました。

「復讐か。汝の親が殺されたのはずいぶん前のことであろう。どうしていまなんだ」

ヒミコは唇を嚙《か》みました。

どうしていまか……。もっと早くに行動を起こすべきだったことはヒミコ自身にもよくわかっています。これまでもヒミコは、ずっとヤソミコのそばにいて彼女の横暴を見てきたのです。

ヒミコはアヤメを直視して答えました。

「きょう、ナギオを見たからです。彼はヤソミコを恐れていませんでした。吾も、これ以上、ヤソミコを恐れないことに決めたのです」

アヤメは細い目をヒミコに向け、身じろぎひとつせず聞いていました。

ヒミコがいい終わると、尋ねました。

「なるほどな。だが、汝はヤソミコ様の化粧をするのであろう。そのときにヤソミコ様を殺せるのではないか？　どうしてそうしない」

「いつも警護の者がいます。それに吾はナギオを救いたいのです。ヤソミコを殺してもナギオの罪は晴れません」

アヤメが何か考えるふうにしてヒミコを見ました。

「……まあ、いいだろう。ただ汝は誤解している。ナギオが好いていたのはニオコだ。吾ではない」

「ニオコ……。でも、汝はナギオを見て悲しんでいた」

アヤメは頷《うなず》きました。

「それは確かだ。だがそれは吾だけではない。多くの者が悲しんでいる。吾はナギオによく角力を教えてもらっていた。だから悲しんでいたのだ」

「汝はナギオのことが好きなんですね」

きらりとアヤメの目が光りました。

「だとしたら、何だというのだ」

ヒミコは頭をさげました。

「でしたら、吾に力を貸してください。ヤソミコは嘘をついています」

「嘘？　どういう意味だ？」

「山のお裁きのことです。ヤソミコは山の神がいるといっていますが、それは嘘に違いありません。このままではナギオは殺されてしまいます。それだけではありません。ヤソミコの横暴が続くかぎり、これからも多くの人が無実の罪で死ぬことになります」

「山の神が嘘……。あの洞窟には岩戸が閉まれば誰も入ることができない。山の神以外に誰が槍で殺すというのだ」

「きっと何か秘密があるはずです。山の神などいるはずがありません。あれはヤソミコがつくった巧妙な仕掛けに違いないのです」

アヤメは炉に顔を向け、しばらくパチパチと爆ぜる火を見ていました。おもむろに口を開きます。

「吾もあの洞窟に入ったことがあるが、一か所しか出入口はなかった。裁きを受ける者を入れる前には誰もいないことを何人もの人間が確かめもする。……ほんとうに山の神はいないのか?」

「いません」ヒミコはきっぱりといいました。

「どうしてそのようなことがいい切れる?」

「吾の父が殺されたからです。ヤソミコは、山の神は無実の者は殺さないといいます。しかし吾の父は間違いなく無実でした」

ヒミコの父は国の倉庫から糒を盗んだとされていますが、それを盗んだとされるとき、父はヒミコのために杖をつくっていました。ヒミコはそのことを知っています。ですから、ヒミコの父が糒を盗んだはずがないのです。

「間違いないのか?」

「間違いありません。罪があるかないかにかかわらず、あそこに入れられれば皆死ぬのです。あの洞窟はヤソミコが気に入らない者を処罰する場所なのです」

アヤメが鋭い目でヒミコを見ます。

「だとしても、汝はヤソミコ様の秘密を暴けるあてでもあるのか？」

「いまはまだありません。ですが、嘘である以上、かならず秘密があるはずです」

アヤメが立ちあがりました。

「汝の話はわかった。一晩考えさせてくれ」

ヒミコは座ったまま、アヤメをじっと見つめます。

アヤメが、ふっと表情を緩めました。

「心配するな。もし力を貸さないと決めてもヤソミコ様にいいつけはしない」

ヒミコは杖を使って立ちあがりました。

「もうひとつ聞いてもいいですか？」

「なんだ？」

「ニオコという娘はこの話をすれば手伝ってくれると思いますか？」

ナギオの家族は皆囚われていますから、誰かに手伝ってもらうなら、ナギオが好いていた女しか思いあたる者はいません。

アヤメが首を振りました。

「あの大人しい女は手伝わんだろうな。ヤソミコ様のことをひどく恐れているし、いまはナギオが自分のことをヤソミコ様に売るのではないかと心配して寝こんでいるそうだ」

「……そうですか」

ヒミコはアヤメに持ちあげてもらい、戸口から外に出ました。家に向かって歩きます。家に戻るにはまた峠を越えることになります。夜が白み始めていました。急がなければヤソミコの化粧の時間に間に合わないかもしれません。

帰りの道中、ヒミコはアヤメのことを考えました。

ニオコという女があてにならない以上、アヤメに頼るほかありません。しかし、アヤメはナギオが好いていた女ではありませんでした。

——はたして、アヤメは手伝ってくれるだろうか……。

なんとか日の出前に家に着き、汗を拭ってからすぐにヤソミコの館に向かいました。いつもより遅い時間になりましたが、まだヤソミコは来ていませんでした。

高床倉庫に入ってヤソミコを待ちます。

待ちながらヒミコは考えました。

——どうしたら、山のお裁きの秘密を暴けるだろうか？

いつものようにヤソミコの化粧が終わると、ヒミコは家に帰りました。家でアヤメの返事を待ちます。

昼が過ぎ、夕刻になってもアヤメは現れませんでした。

——断るつもりなのだ。

ヤソミコの兵が来ることはなかったので、アヤメはヤソミコにヒミコのことを告げ口してはいないのでしょう。それだけでも感謝すべきことだと思いました。この国ではヤソミコの力は絶大です。ヤソミコを悪くいう者がいると報告すれば報奨がもらえます。アヤメはそれをしなかったのです。

ヒミコは自分ひとりで山のお裁きの秘密を暴こうと決心しました。最初から誰かに頼ろうとしたことが間違っていたのかもしれません。

ナギオが山のお裁きを受ける期限までの貴重な一日を無駄にしましたが、おかげで考える時間もできました。

——あした、かならず山のお裁きの秘密を暴いてみせる。

ヒミコは亡くなった家族に誓いました。

その結果、自分がどうなろうとも構いません。むしろ行動するのが遅すぎたくらいです。

目を瞑るとすぐに深い眠りに落ちました。

次の日、ヒミコはヤソミコの化粧をすませると、家には戻らず、洞窟のある山に向かいました。

目指したのは洞窟の真上にあたる場所です。洞窟は、広さはそれほどありませんが、高さはかなりあります。ヒミコも洞窟に入ったことがありますが、洞窟のなかでは天井は暗くてよく見えませんでした。ですから、もし洞窟の天井に秘密の出入口があったとしても、誰も気づかなかったのかもしれないと考えたのです。

ヤソミコは、いままで民に神聖なこの山に登ることを禁じていました。山の上には滝があり、そこから平地まで川が流れています。この川はこの国にとって、とても重要なものです。この川の恵みも山の神の思し召しであるから、もし山に登って山の神を怒らせるようなことがあれば、この川は涸《か》れてしまうだろう、とヤソミコは話していました。

山の麓まで来て頂上を見あげます。中腹に平たい大地が見えます。そのあたりがちょうど洞窟の上にあたる場所です。中腹とはいえ、片脚のヒミコにとっては大変な行程です。

山に登ることは禁じられていましたが、見張りがいるわけではありません。禁を破れば、山のお裁きを受けさせられるので、誰も山に登ろうとは思わないのです。

ヒミコは、あたりに誰もいないことを確認してから、杖を突き山を登り始めました。昨夜、このあたりでは雨が降ったのか、地面がぬかるんでいました。ヒミコは足を滑らせながら必死に山を登りました。

普段、誰も登りませんから道はありません。鬱蒼《うっそう》とした藪《やぶ》のなかを進んでいきます。しばらく歩いていると、草の少ない場所に来ました。樹もそれほど生えていません。ところどころに角ばった白い岩があります。

ここはカルスト台地になっています。カルスト台地とは地面が石灰岩で構成される地形のことです。

ヒミコは初めて来たこの場所を美しいと思いました。草原に白い柱のような岩がぽつりぽつりと突き出し、まるで緑色の海に白い岩が漂っているように見えます。

ちょうど洞窟の上に位置する場所まで来て、杖を地面に突きながら秘密の出入口を探しました。

ヒミコのいるところから少し離れたところに、聖なる滝と、農地に水を引くための灌漑《かんがい》施設が見えました。ヤソミコが命じて建てさせたものです。濠と板を使って水の流れを制御する施設です。この時代は多くの灌漑工事がおこなわれ始めた時代でもありました。当時の稲の収穫高は、どれだけ水を安定して田に供給できるかにかかっています。水を制する者が国を制することができたのです。太陽が南中するまで探索を続けましたが、出入口になるような場所は見つかりませんでした。

――おかしい。

もし秘密の出入口があるとしたら、洞窟の上面にあるはずだとヒミコは考えていました。いままで誰もそこに行かなかったから見つからなかったのだろうと思っていたのです。けれど山の上からそれは見つかりませんでした。出入口を岩で隠しているのかと思い、岩を一つひとつ確認していきましたが、どれも動かされたような形跡はありません。

――ひょっとして……。

ほんとうに山の神はいるのだろうか？　いままで思ってもみなかったことです。慌てて首を振りました。

――いや、絶対にそんなことはない！

もし山の神がいるのなら、父が無実で殺されるはずがありません。父が無実であるかぎり、絶対に山の神などいないのです。

——しかし……。

それからも探索を続けましたが、やはり出入口は見つかりませんでした。ということはやはりあの洞窟は岩戸を閉めたあと、完全な密室になるということです。

ヒミコは草の上に腰をおろしました。大きな石灰岩柱の横で休みます。歩きっぱなしだったので左脚がひどく痛みました。日が、ぎらぎらとヒミコを照りつけます。

どこかに秘密の出入口があることは確信していますが、これ以上ここに探す場所はありません。

ヒミコは立ちあがると山をおりました。

残された時間はあと半日。このまま何も証明できなければ、あしたの朝にはナギオは山のお裁きを受けてしまいます。

もしここで秘密の出入口が見つからなかった場合、どうすべきか、きのう考えたことがあります。

洞窟のなかで槍に突かれて人が死ぬということは、誰かその槍を突く者がいるはずです。その人間を探そうと思ったのです。その者を白状させればヤソミコの秘密を暴くことができます。

ヒミコはある男に会おうと思っていました。その男はいまでいう葬儀屋をしている者です。名はヨミヒコといいます。この国で死んだ者は、皆ヨミヒコが死者の国に送り出します。ヒミコはこの男から、山のお裁きで死んだ者がどのような状態で死んでいたのか詳しく聞き出そうと思ったのです。死因を正しく知ることができれば、誰が槍で突いているのか特定できるかもしれません。

ヨミヒコは人里離れた場所で墓穴を掘っているところでした。当時は土葬がおこなわれていました。ヨミヒコは頭頂部がすっかり禿《は》げあがった老人です。側頭部と後頭部に残った白髪が奇妙に曲がって伸び、長年墓穴を掘っているため、腰は九十度近くまで曲がっています。

汗を拭って鍬《くわ》の刃を地面に置くと、ヨミヒコはヒミコを見ました。

「化粧師がこんな場所に何の用だ。ここは汝が来るには早すぎる」

ヨミヒコの前には黒々とした深い穴が掘られていました。

「穴に入るために来たわけではありません。汝に聞きたいことがあるのです。汝は山のお裁きで死んだ人を大勢見てきたはずです。あそこへ入った者がどんなふうに死んだのか知りたいのです」

「汝も知っておろう。山の神に罰せられた者は皆、槍に突かれて死ぬ」

「それは知っています。もっと正確に知りたいのです。身体のどこをどのようにして突かれるのか」

山のお裁きで罰せられた者は見せしめにされますから、多くの者がその姿を見てきました。けれどヒミコは父を思い出してしまうため、いままで一度も直接見たことはありません。

「正確に？」

ヨミヒコは、よっといってしゃがむと、穴の縁に腰をおろしました。両足を墓穴に入れます。

「山の神に罰せられたもんは、そりゃ、ひどいことになる。全身に切り傷をつけられるんだからな」

「切り傷？」

ヨミヒコが頷きます。

「そうだ。あれは刺すとはいえないな。槍で横殴りにされるんだろう。山の神が罪人をいたぶって殺すんだ。頭から足先まで全身に無数の切り傷がついている」

「頭から足先まで……」

ヨミヒコが大きな目でヒミコを見ました。

「なかの者はよほど苦しいのだろう。その顔には苦悶の表情が浮かび、目は赤く染まっている」

「目が赤く……」

遠くヒミコの記憶のなかで何かが微かに動くのを感じましたが、それが何なのかはヒミコにはわかりませんでした。

ヒミコは黙ってヨミヒコを見つめました。

山のお裁きを受けた者がそのような姿になっていたら、民が山の神の存在を信じるのも無理はないと思いました。

それでもヒミコは尋ねてみました。

「人間で同じことができる者がいると思いますか?」

ヨミヒコは首を振りました。

「そんなことができる奴はひとりもおらんよ」

ヒミコは打ちひしがれて墓所から離れていきました。山のお裁きで罰せられた者が槍で突かれて死ぬことは知っていましたが、まさか頭のてっぺんから足先まで無数の切り傷を負わされるとは想像もしていませんでした。

——どうやったら、そんなことができるのだろう……。

ヒミコは、これからどうすべきかと考えました。洞窟の秘密の出入口は見つからず、槍を突く人間もわかりません。

——やはり自分でなかに入ってみるしかないか。

これも事前に考えていたことです。実際に洞窟に入って岩戸を閉めればきっと何かがわかるはずだと考えていたのです。最後までとりたくなかった手段ですが、もうこれしか残っていません。

そのためにはどうしても自分以外の者の助けを借りなくてはなりません。外から岩戸を閉める者が必要になります。

ヒミコは三本松に向かって歩きました。手を借りられるとしたら、あの者しかいません。

「また来たのか。吾はヤソミコ様に告げ口はしていないぞ」

アヤメは家の裏で樹に向かって槍を突いているところでした。戦女の訓練をしているのでしょう。樹には無数の穴があいています。

ヒミコはアヤメをじっと見つめていいました。

「そのことで来たのではありません。一昨日と同じ願いで来ました。吾を手伝ってほしいのです。汝に迷惑はかけません。吾を洞窟に入れて岩戸を閉じてほしいのです」

アヤメが呆気《あっけ》にとられた顔をしました。

「みずから山のお裁きを受けるつもりなのか？　どうして？」

「山の神の嘘を暴くためです」

「……山の神が怖くないのか？」

「怖いです」

ヒミコは正直に答えました。まだ山の神の正体は摑めていません。もしほんとうにそれがいるなら、間違いなく罰せられるでしょう。けれど、残された道はこれしかないのです。

「山のお裁きを受けて、生きて出てきた者はいないのだぞ」

「知っています」

ヒミコはアヤメの目をじっと見つめました。

数秒が過ぎます。

「……いいだろう」アヤメがいいました。

「汝がそこまで本気なら吾が力を貸してやろう」

「感謝します」

アヤメは槍を持つと樹に向かって投げつけました。槍が樹に刺さり、柄がぶらぶらと揺れます。

「感謝されても困る。汝を山の神に捧げることになるのかもしれないのだからな」

ふたりは山に向かって歩きました。日が落ち始めています。

ヒミコは断りましたが、アヤメが強引にヒミコを背負って歩きます。アヤメはヒミコの体重をまったく苦にせず歩き続けました。

山に行く前にヒミコの家に寄って灯明皿《とうみようざら》を持ち出しました。灯明皿は、油に浸した灯芯に点火して灯りをとる道具です。当時の庶民はほとんど持っていないものです。ヒミコはヤソミコが夜に化粧を求めることもあったため、持たされていました。

気がかりなのは、あの岩戸をアヤメひとりで動かすことができるだろうかということでした。山のお裁きのときは大男ふたりで岩戸を開閉します。今回、開けるときはヒミコも手伝えますが、閉めるときはアヤメひとりで岩戸を動かさなければなりません。

岩戸の前まで来て、アヤメがヒミコをおろしました。さすがにアヤメは戦女だけあって、ほとんど息が切れていません。

アヤメが岩戸を正面から見ます。

岩戸は、ヒミコの胸のあたりまで高さがあります。まったいらに加工してあり、幅は高さと同じくらいです。厚みは腕の長さほどでしょうか。あらためて見ると、かなりの大きさです。その重さはヒミコには想像もつきません。

「大丈夫ですか？」ヒミコはアヤメを見ました。

アヤメは顔をしかめて岩戸を見ています。

「大丈夫も何も、やるしかないんだろ」

ヒミコは頷きました。

ふたりがかりで岩戸を横から押します。といってもヒミコはほとんど役に立ちません。アヤメが唸《うな》りながら岩を押していきます。

ず、ず、とゆっくり岩戸がずれていきました。アヤメの顔は、赤土で化粧を施していないにもかかわらず真っ赤に染まっていました。

ようやく人が通れるくらいの穴が見えました。膝上くらいの高さにその穴はあります。直径は片腕の長さほどです。

岩戸に手を置き、アヤメがいいました。

「汝はほんとうに入るつもりなのだな」さすがのアヤメも肩で息をしています。

「はい」ヒミコは答えました。

ヒミコは灯明皿に油を注ぎました。灯明皿はふたつ持ってきています。

「吾がこのなかに入ったら岩戸を閉めてください。同じだけの油を入れたものを外に置いておきます。この火が消えたら岩戸を開けてくれますか」

アヤメが灯明皿を見ました。

「これはどのくらいで消えるのだ?」

ヒミコは赤く染まった空に浮かぶ、うっすらとした月を見ました。

「いまの月でいうと、五つ分動いたころでしょうか」

アヤメは空を見あげました。

「月の動きか……。汝はいろいろなことを知っているのだな」

「そんなことはありません」

一番知りたい山のお裁きに関しては何も知りません。このなかに入ったところで秘密はわからないかもしれないのです。ヒミコはそのことを恐れていました。これでわからなければ、もう打つ手がありません。

「月が五つ分か、いいだろう」アヤメが岩戸の反対側へ行き、押す準備をします。

「よろしくお願いします」

ヒミコは灯明皿を持つと、穴のなかに入っていきました。

灯明皿の灯りが洞窟のなかを橙色《だいだいいろ》に染めます。山のお裁きの前の検分で、一度昼間に入ったことがありますが、いま見るとなかの様子はずいぶん違って見えます。

「では、閉めるぞ」

直後アヤメの唸り声が聞こえました。

アヤメひとりで閉められるだろうかと心配しましたが、岩戸はゆっくりとですが動いています。徐々に外からの明かりがなくなっていきました。

数秒ののち、完全に光が遮断されました。灯明皿の灯りだけが心細く揺れながら洞窟内を照らしています。

前に入ったときには気がつきませんでしたが、壁に水平に描かれた数本の線が見えました。その線はぐるりと洞窟のなかをまわっています。

——これはいったい何の線なのだろうか？

ヒミコは灯明皿を下に置くと、壁にへばりつき、押したり叩いたりしながら調べていきました。壁はぬるぬるとしています。この洞窟は、全体が石灰岩でできています。

洞窟内は人が二十人入れるほどの広さしかありません。一周したあと、もう一度高さを変えて壁を調べました。

今朝洞窟の上の地上では、出入口は見あたりませんでした。秘密の出入口があるとしたら洞窟の側面か、底面しか考えられません。底を杖で突いてまわりますが、やはりそれらしきものは見つかりません。

――どうしてだ？

ヒミコは斜め上を見ました。壁の上の部分です。あと調べていないのは手の届かなかったところだけです。灯明皿から照らされる、うっすらとした灯りのなか、出入口らしきものは見あたりませんが、触ってみれば何かわかるかもしれません。

片脚で立って杖を持ちあげます。杖の先でいままで手の届かなかったところを叩いていきます。一周しましたが、何もわかりません。

――もっと高いところを調べる必要がある。

壁を登れるだろうかと試してみましたが、ぬるぬるした壁はとても登れそうにありません。

杖で壁を突いてみると、わずかに穴があきました。壁はそれほど固い岩ではないようです。

――これを足がかりにして壁を登ることができるだろうか？

ヒミコには難しそうですが、アヤメなら登れそうです。

灯明皿を見ると油は半分ほどの量になっています。

油が切れるころには岩戸は開きます。それまでにアヤメが登れるようにできるかぎり壁に刻みをつけようと思いました。

アヤメが、壁を登る頼みを聞いてくれるかはわかりませんでしたが、ヒミコがここから無事に出れば、アヤメが山の神を恐れることはなくなるはずです。

片脚で立ち、両手で振りかぶって壁に杖の先をぶつけます。

刻みはどうしてもヒミコの背が届くところの範囲になるので、それ以上の高さの刻みは、アヤメが登りながら自分でつけなくてはなりません。

そろそろ、灯明皿の油が切れるころです。油が切れるまで壁に刻みをつけていきます。

がし、がし、という音が洞窟内に響きます。

しばらくして、ふっと灯りが消えました。完全な暗闇に包まれます。

ヒミコは洞窟の底に横になりました。この暗闇ではどのみち動けません。アヤメの灯明皿の油もほどなく切れるはずです。横になってアヤメが来るのを待とうと思いました。

まわりには、目を瞑っても開けても変わらない暗闇が不気味に漂っていました。

はっとしてヒミコは目を開きました。いつのまにか眠ってしまったようです。一瞬見当識を失ったあと、洞窟にいることを思い出しました。

長い時間眠ってしまったような感覚が身体に残っています。実際にかなりの時間寝てしまったのかもしれません。が、この暗闇のなかでは時間の経過を知ることはできません。

——それにしても、どうしてアヤメは岩戸を開けないんだ?

どのくらい時間が経ったのかわからないにせよ、アヤメが持っている灯明皿の油はもうとっくに切れているはずです。

——外で何かあったのだろうか?

立ちあがって岩戸を探しました。おそらくここだろうと思うところを杖で叩きます。

「アヤメ! 開けて!」

岩戸の厚みで外には何も聞こえないかもしれません。

——いったい、何があったのだろう?

アヤメが故意に約束を破るような女とは思えません。ヤソミコに告げ口することもしなかったのです。

やはり外で何か起こったはずだと思いました。

諦めずに壁を叩き続けました。いまはそれしかできません。

——これも山の神の仕業だろうか……。

違う場所を叩こうとしたとき、ヒミコは足を滑らせてうしろに倒れました。

——痛い……。

後頭部を打ち、そのまま動けなくなりました。

静寂と暗闇の支配する世界。何も見えず何も聞こえません。

ふと、

――ここから一生、出られないかもしれない。

という思いが頭を過《よぎ》りました。

――あるいは、もう自分は死んでしまったのだろうか？

暗闇のなか、生きている感覚さえ感じることができません。

そのとき、ぴちゃりと顔に一滴の雫《しずく》が落ちました。天井から水が滴っています。

口を開けると雫は口に飛びこんできました。口のなかで撥《は》ね、冷たい感触を覚えます。

瑞々《みずみず》しい感覚が口中《こうちゅう》に広がりました。

――吾はまだ生きている……。

そう思うと同時にひとつの疑問が生まれました。

雫が落ちているのに、どうしてこの洞窟に水は溜まらないのだろう？ それに壁についている、あの線……。

がばり、と身体を起こしました。

――わかった！

もう一度、頭のなかで確認します。やはりこの推理に間違いはありません。ついに山のお裁きの秘密がわかったのです。この密室殺人の謎が解けたのです。やはりヤソミコは嘘をついていました。山のお裁きは人為的につくられたものだったのです。

しかし、秘密がわかってもここから出られなければどうしようもありません。

立ちあがると、岩戸と思しき壁を杖の先で突きました。わずかながら削ることができます。暗闇のなかでどれだけ削れているかわかりませんが、穴をあけることができれば外に出られます。

朝にはナギオの山のお裁きが始まってしまいます。

片脚で立ち、反動をつけて、がしっ、がしっ、と音を立てながら壁を突きました。体力はすでに限界を超え、左脚の感覚はほとんどなくなっていました。しかし、ここから出られなければこの洞窟の秘密を知ったことの意味がありません。

――かならず、ここから出る！

洞窟の秘密がわかったいま、ヒミコだけがヤソミコを倒すことができます。立っていられなくなり、座りこんでからも岩戸を突き続けました。

何時間もひたすら穴をあけ続けました。

手で触って、かなりの深さの穴をあけたと実感できたとき、外で音がしました。

岩戸が動いています。

ご、ご、と音をたてながら、少しずつ岩戸が開いていきます。

岩戸の隙間から差しこむ明かりが眩《まぶ》しくて、ヒミコは目を開けていられませんでした。時間の感覚がなくなっていましたが、すでに朝になっていたようでした。

完全に岩戸が開いたとき、目を細めて前を見ると、岩戸の向こうに人影が見えました。徐々に色がついてきて、その人物が誰だかわかりました。

――ヤソミコ！

ヤソミコが不敵な笑みを浮かべ、ヒミコを見おろしていました。ヤソミコは自分で化粧したのでしょう、頬につけた赤土は粉っぽく、目の下の線はかなりずれています。白い衣《ころも》を身につけ、赤い襷《たすき》をかけていました。山のお裁きのときに着用する衣装です。

「ヒミコ、まさかお前がこんなことをするとはな」

ヤソミコは、ヒミコがこのなかにいることをすでに知っていたような口ぶりでした。

ヒミコを恐ろしい顔つきで睨みつけます。

「昨夜、汝に化粧を求めたが、汝はいるべき場所にいなかった。それで捜してみると、なんと汝は、吾に歯向かうことを企んでいた」

ヤソミコのうしろでアヤメが倒れている姿が見えました。アヤメの顔には殴られた痕があります。すでに意識がないようです。

頻繁にではありませんが、ヤソミコは夜に目当ての男のもとへ行くとき、ヒミコに化粧をさせることがありました。昨夜はたまたまその日だったようです。ヤソミコは自分の思いどおりに物事が運ばないと、半狂乱になって目的を達成しようとします。昨夜、兵に命じて国じゅうを捜しまわらせたのでしょう。

ヒミコは唇を噛んでヤソミコを睨みつけました。

ヤソミコの向こうに多くの人々が集まっているのが見えます。いままさに山のお裁きが始まろうとしているのです。

ヒミコは外へ出ていって民にこの洞窟の秘密を話そうと思いました。いまならその機会があります。

そのときです。ヤソミコがヒミコの顔を手で掴むと、ヒミコを洞窟のなかに押し戻しました。年老いてはいますが、ヤソミコの体力はいまのヒミコよりあります。ヒミコは洞窟の奥へ転がりました。背中を強く打ちます。

ヤソミコはそのまま洞窟のなかに入ってきました。ヤソミコの護衛であるカムロもあとに続きます。

「ヒミコ、汝はしてはいけないことをした!」

ヤソミコは足でヒミコの腹を蹴りました。抵抗することもできず、ヒミコはまともにその蹴りを受けました。ヤソミコは何度も何度もヒミコを蹴り続けます。

ようやく気が治まったのか、ヤソミコが息を切らしながらカムロに命じました。

「この女を縛れ！」

ヒミコは洞窟の外に向かって叫ぼうとしましたが、声が出ません。

カムロが縄でヒミコの身体を縛ります。口も縛られました。

「脚はどうしますか？」

カムロがヤソミコに尋ねます。

「脚は縛らずともよい。どうせそれでは歩けはしまい」

そういうとヤソミコは洞窟を出ていきました。カムロも出ていきます。

ヤソミコが洞窟の外で民に話す声が聞こえました。

「民の者、よく聞くがいい。山の神は機嫌が悪い。だからきょうは検分はおこなわない。今回はふたりの者が裁きを受ける」

民がどよめきました。

ヤソミコが続けます。

「剣を盗んだ疑いのあるナギオと、糒を盗んだ疑いのあるヒミコがお裁きを受ける。ヒミコの父も糯を盗んだ。親子ともども盗み癖があるようだ」

民がふたたびどよめきます。

洞窟の出入口の前にナギオの姿が見えました。ナギオは、ぐったりしてうしろ手に縛られていました。兵たちがまるで藁束《わらたば》のようにナギオを乱暴に洞窟内に投げ入れました。

外でヤソミコが民に話しています。

「もしふたりが無実なら、ここから無事な姿で出られるであろう。もしふたりに罪があるなら、山の神に槍で刺されて死ぬであろう」

民から歓声があがりました。民にとって山のお裁きはお祭りと同じです。このときばかりはきつい労働から解放され、一日じゅう騒いでいられます。

「清めの水を持ってこい」ヤソミコが兵に命じました。

兵が桶《おけ》を持ってくると、ヤソミコがそれを摑み、洞窟のなかにいるヒミコとナギオに向かって投げつけるようにして水をかけました。

全身が濡れ、ヒミコは冷たさに身体を震わせました。

それから岩戸がゆっくりと閉じていきます。外から入る光が次第に細くなり、ついになくなりました。

ヒミコはふたたび暗闇のなかにいました。

「そこにいるのは、化粧師か？」

暗闇のなか、ナギオの声が聞こえました。

「うっ……うっ……」

口を縛られているので話せません。ヒミコは杖があるところまで這っていき、杖を身体で押さえて、その先で口を縛っている縄を押しました。わずかに縄をずらすことができました。

「そうです。ヒミコです」

「汝は糒を盗んだのか？」

「いいえ、汝と同じで何も盗んではいません」

「……どうして、吾が剣を盗んでいないことを知ってるのだ」ナギオが驚いた声でいいました。

「吾の父もヤソミコに陥れられて山のお裁きを受けました。ここに入れられる者は皆無実なのです」

「どういうことだ？」

「皆、ヤソミコに騙されているのです」

ヒミコは気力を振り絞って身体を起こしました。

「汝はまだ体力が残っていますか?」

「ある」力強い答えが返ってきました。

ヒミコは、腰をおろしたまま声のしたほうに左脚を使って進みました。

ナギオの身体にぶつかるところまで行きます。

「縄を吾に向けてください」

ナギオが身体を動かす音が聞こえました。ヒミコは口でナギオの手を探ります。縄を見つけると、それを嚙みました。

暗闇のなかでときおりヒミコの歯がナギオの手首にあたりましたが、ナギオは痛がる素振りを見せませんでした。ヒミコは懸命に縄を嚙み続けました。

ようやく縄が切れると、ナギオが今度はヒミコの身体に巻かれている縄を解きました。角力が強いだけあって、ナギオは小柄ながら力があります。あっというまにヒミコの縄は解かれました。

ヒミコはいいました。

「吾はこの洞窟の秘密を知りました。山の神などいないのです」

「いない……。しかしここで大勢の人間が裁かれてきたではないか?」

「皆、ヤソミコの計略にかかって死んだのです」

「計略?」

ヒミコは自分が知ったことを話しました。

この洞窟に水が流れこんでくること、流れこむと人が浮かぶこと、そして溺死すること
です。

「ここに入れられた者は槍で突かれて死ぬのではなかったのか？　吾も遺体を見たことがあるが皆全身に槍で突かれた痕があった」

「槍に突かれて死ぬ、というのはヤソミコがそういっただけです。実際には溺死だったのだと思います」

「では、槍に突かれた痕はどう説明する?」

「吾は直接天井を見たわけではありませんが、天井に無数の槍のようなものがとりつけられているのだと思います。この洞窟が完全に水で満たされると、人は苦しくてもがきます。水面に出ようと上にもがいて身体を動かせば、槍によって無数の切り傷がつきます。槍に突かれたというのは、ヤソミコが人々にそう信じこませただけです」

「しかし……この洞窟には水がないではないか。水はどこから来て、どこに消える?」

「岩戸の部分はきっちり密閉されていますが、この洞窟の底には細かい穴があいているはずです。底の穴から出る水よりも入ってくる水の量が多ければ水は溜まっていきます。そ

のあと水を入れなければ水は抜けます。水は、この上にある滝から引くことができます。ヤソミコは普段は滝の水を平地にある田に送っていますが、その流れを一時的にこの洞窟に向けるのだと思います」

「……そんなことが可能なのか？」

「可能です」

ヒミコはいい切りました。あらゆることを考えた結果、これしか方法がないことはわかっています。ヤソミコは滝のそばの灌漑施設を制御する方法を知っています。あの水を使えば、いまいったことは可能です。

ヒミコは続けました。

「山のお裁きの前に、罪に問われた者が水をかけられるのは、身体を清めるためではなく、水が洞窟に入っていたことを知られないようにするために違いありません。そうすればここから出された人が濡れていても不審に思われません。山のお裁きの日に民に農作業を休ませるのは、田に水が流れないことを気づかせないようにするためでしょう。それに、遺体を埋めるヨミヒコが山のお裁きで死んでいった者たちは目が赤かったといっていました。目が赤いのは溺死した者の特徴です」

ヒミコは妹が海に投げ入れられたあと、遺体を見ました。妹の目は赤く染まっていました。ヒミコにとっては、けっして忘れることのできない姿です。

いままで誰も死因が溺死だと気がつかなかったのは、ここが山であるという事実と身体じゅうにつけられた無数の切り傷のためだったのでしょう。

「だとしても……」ナギオがいいます。「それでは、吾たちも逃げられないのではないか？　ここから出られた者は誰もいないのであろう？」

「いままではそうでした。皆、縄で縛られていたからです。それに道具をこの洞窟に持ちこんだ者は誰もいません」

「道具……いまはあるのか？」

ヒミコは暗闇のなか、杖をナギオの身体にあてました。

ナギオが杖を掴んだのがわかります。

「これは何だ？」

「杖です。ヤソミコは気づかなかったのでしょう」

あるいは気づいていても、意味はないと判断したのかもしれません。

「杖でどうするんだ？」

「吾の杖の先は鉄でできています。この杖で洞窟の天井に穴をあければ外に出られます。洞窟の壁は厚くて無理ですが、天井に槍が仕掛けてあるならきっと薄い場所があるはずです」

洞窟内に沈黙がおりました。

「天井までどうやって行くのだ」

「水がここに溜まる前に壁を登るしかありません。壁の岩はそれほど固くありません。刻みを入れれば登れます」

ヒミコは手探りでナギオの手をとりました。

「吾が途中まで刻んだところがあります」

ナギオをその場所まで連れていきます。

「ここです」

「……わかった」

すぐにナギオが壁を登る音が聞こえました。ナギオの息遣いが上にあがっていきます。

「この洞窟はどのくらいの高さがあるのだ?」上から声が聞こえました。

「わかりません。この上にある台地までだとすると、人の背丈なら、七、八人分ぐらいでしょうか」

「七、八人分か……」

ナギオが沈黙しました。上を見あげているのかもしれません。

しばらくして、壁を杖で突く、ざく、ざく、という音が聞こえました。ナギオが壁に登ったまま壁を突いているのです。ヒミコが刻みを入れたところまで登り、自分で刻みをつけているようです。ヒミコが同じことをしたときの何倍もの大きさの音が洞窟に響きました。

水が上まで溜まる前にここから出なければなりません。ヒミコは自分は助からなくてもナギオには助かってほしいと思いました。ナギオが生きていることがわかれば父の無実を証明することができます。そうすればヤソミコの権威もなくなるはずです。それができるなら自分の命など惜しくはありません。

音からすると、ナギオはかなりの高さまであがったようでした。さすがにヤマの国で一番角力が強いといわれる男です。

しばらくナギオが壁に杖を突きながら登る音が続きましたが、突然、上から「あっ」という声が聞こえ、洞窟の底に大きなものが落ちる音がしました。

ヒミコがそのほうへ近寄ると、柔らかいものに触れました。ナギオが倒れているようです。

「大丈夫ですか?」ヒミコは、しゃがみこんでナギオに尋ねました。

声は返ってきません。

ナギオの身体に手をあてると息をしているのがわかりましたが、意識を失くしています。

上からさらさらという音が聞こえます。壁を触ると水が流れていました。その水の量は次第に増えていくようです。ナギオはこの水で滑ったのかもしれません。

「ナギオ、返事をして！」

「……」

どれだけ身体を揺すってもナギオは反応しません。

水かさがどんどん増していきます。

やはりヤソミコがこの洞窟に水を入れているのです。

ヒミコは、これからどうすべきかを考えました。このままではふたりともこれまで山のお裁きを受けた者たち同様に死んでしまいます。

水は急速に流れこむようになっていました。すでに足首まで水が溜まっています。ヒミコはナギオを抱えると息ができるように、その背を壁にもたせかけました。

――考えるんだ！

いま自分にできることは考えることだけです。

手探りでナギオが登っていた壁の刻みを探しました。

この上から水が流れこんでいます。

壁に手を這わし、水が流れてこない場所を探しました。水面は早くもヒミコの膝のところまで達していました。

——吾が登るしかない。

ナギオが倒れないように、ヒミコは自分の腰に巻いていた蔓《つる》を外すと、背中合わせにナギオの身体を自分の身体に括《くく》りつけました。この体勢では速く登ることはできませんが、水位に合わせてなら浮力があるため負担が少なくなります。ナギオは鋼のような肉体をしていますが、小柄なので何とかなりそうです。

水が流れ落ちていない壁を見つけて杖で刻みを入れました。

刻みができると左足をそこにかけます。もう片方の手で岩を掴みます。ナギオはまだ意識がありません。気を失っている以上の深刻な事態になっているかもしれませんが、いまは確かめる術《すべ》がありません。

時間とともに流入する水の量は増えていくようでした。水が流れる音が洞窟内に反響し、まるで滝のなかにいるような感覚に陥ります。水が溜まるのを待ちます。

やがてヒミコの肩のところまで水が溜まりました。刻みをつけ、もう一段登りました。

ふたたび肩まで水位がきたところでさらにもう一段。

水位が肩に達するたびに一段ずつあがっていきます。

暗闇のなか、どこまで登ったのかわかりませんでしたが、水位のあがる速度が増していることは感じていました。

少しずつ休む暇がなくなっていき、すぐに次の刻みをつくらなければならなくなりました。浮力があるとはいえ、岩を掴む力が限界に近づいているのがわかります。

――上まで行ったらどうする？

最初の考えでは水位が完全に上がりきる前に上まで行って天井に穴をあけるつもりでした。水と一緒に上に着いてしまうと槍に刺されてしまいます。

暗闇で、どこが天井なのかわからないことにも恐怖が募りました。身体をあげたとたん、いきなり槍が刺さることもあり得ます。

ヒミコは必死になって壁にしがみつき、刻みを入れては身体を持ちあげる作業を繰り返しました。

無心になって登り続けます。刻みをつけ、登る作業を数十回繰り返しました。どこまで登ったのかわかりませんでしたが、さきほどナギオが登っていた場所よりも高い場所に来たようです。腕はすでに限界を通り越し、ほとんど感覚がありません。

ふと頭の上に水の反響音を感じ、上に杖を突きました。何かに触ります。

――一番上まで来たんだ。

杖で位置を確認してから手を伸ばすと、尖《とが》った細い棒に触れました。予想したとおり槍の先端のようです。いや、槍というよりも、太い鉄針です。その鉄針が天井一面にあるのです。

——これが山の神の正体だ。

天井のあたりは幅が狭くなっていて、両手を伸ばせば反対側に届くほどになっていました。洞窟内の空間は、上がすぼまっている紡錘形《ぼうすいけい》になっているようです。壁際に手を這わせて上に伸ばすと、針と壁のあいだに拳ひとつぶんの空間があるのがわかりました。針の長さは前腕ぐらいです。

想像では天井に槍がとりつけてあるのだろうと思っていましたが、そうではなく、天井に針のついた鉄板がとりつけてあるようです。

この瞬間ヒミコは、なぜヤソミコが父を殺したのかがわかったと思いました。これだけの鉄器をつくるとなると、秘密裡《ひみつり》におこなったとしても大規模な製作現場だったはずです。たたら製鉄の職人をまとめる立場だった父がこのことを知らなかったはずはありません。父は、ヤソミコのこの企てに気づき、反対したのかもしれません。父がこんな残酷な装置をつくることを認めるはずがありません。常々、鉄器は生活を豊かにするために使うものだと語っていました。そう考えると、父が兵に捕えられたあと、皆の前で話す機会を奪われていたことにも納得がいきます。ヤソミコは父に秘密をばらされるのを恐れたのです。

鉄板の縁を触ると、その上に柔らかいものが触れました。感触からすると木のようです。

鉄板の上に木の棒が渡してあるようでした。その木の棒に鉄板がとりつけられています。

木と鉄板のあいだにわずかに隙間がありました。

――鉄板をこの木枠から外せば、外に出られるかもしれない。

父はよくいっていました。鉄製の道具をつくるとき一番難しいのは、その繋《つな》ぎ目の部分だと。繋ぎ目が一番弱い箇所だからです。

ヒミコは、杖の先を木枠と鉄板の繋ぎ目の隙間に差しこみました。それをテコの要領で引きます。が、鉄板はまったく動きません。

体重をかけ、渾身《こんしん》の力で引きます。急に軽くなったかと思うと、杖が折れていました。

もう杖としては使えませんが、半分になったほうがテコとしては使いやすくなりました。

別の場所に差しこみ、さきほどの要領で杖を引きます。

――動いた！

わずかではありますが、鉄板が木枠から離れる感触がありました。

ナギオがどういう状態にあるのかまったくわかりませんでしたが、いまは目の前のことに集中するしかありません。

水の流れが恐ろしい勢いで増しています。

ヒミコは水に潜って移動し、別の位置に杖を入れて動かしました。水のなかでは片脚でも関係ありません。さらに鉄板が外れた感触がありました。鉄板のまわりを順に外す作業を続けます。

外れる感触のある場所もあれば、まったく動かない箇所もあります。

水位は鉄針まであとわずかのところまで達していましたが、水面が波打っているため、かろうじて呼吸をすることができます。とはいえ、残された時間はもうほとんどありません。

ヒミコは集中してこの作業を続けました。どのみち死ぬなら最後まで諦めたくありません。これが自分に残された最後の仕事だと信じて動き続けます。

ちょうど鉄板のまわりを一周したときにそれは起こりました。

鉄板がぐらりと揺れたのです。最初は何が起こったのかわかりませんでした。針が肩に触れ、そのとき、鉄板がさがっていることに気づいたのです。

鉄板が落ちてきます。

――まずい！

このままではふたりの身体は鉄針に刺されてしまいます。鉄針のついた鉄板はかなりの重さがありそうです。

ヒミコはナギオを背中に結んだまま素早く潜りました。壁際に寄って、鉄板の端があると思しきほうに向かって手を伸ばしました。鉄板の向きを変えようと思ったのです。鉄板に手が触れます。それを掴むと、力のかぎり上に押しました。

鉄板の端が上にあがり、水中でゆっくりと縦になります。そして、ふたりの前を落ちていきました。

——助かった。

とはいえ、ふたりは暗い水のなかにとり残されたままです。鉄板の向こうには地上があるのかと思っていましたが、そうではなかったようです。光は見えません。

——もう動けない……。

天井に戻って地上への穴をあけなければ、と思いましたが、身体が動きません。ふたりの身体は浮かびも沈みもせず、水中を漂うだけです。

自分たちはこのまま死ぬんだ、と思いました。山のお裁きの秘密を暴き、その装置を破壊することまでは成功しましたが、これ以上どうすることもできません。まったく身体が動かないのです。

そのとき、ぎしりと何かが軋《きし》む音が上から聞こえました。上から木片が落ちてきます。

それから数本の木の棒が落ちてきました。

何が起こったんだ、と思ったとき、天井がさがってきてそれに押されてふたりは落ちていきました。

天井だと思ったものは大きな岩でした。その岩に押されて水中を落ちているのです。鉄板を外したため、木枠が崩れ、その上にあった大きな岩が落ちてきたようでした。鉄板には木枠を補強する役割もあったのかもしれません。

岩を避けようと思いましたが、岩は洞窟の幅と同じくらいの大きさがあり、避けることはできません。岩とともにふたりは落ちていきます。

洞窟のなかほどまで来たとき、岩と壁のあいだに隙間ができました。ヒミコは力を振り絞ってナギオを連れてその隙間に身体を入れました。

大きな岩がふたりのすぐそばを過ぎるのを感じます。

と思うと、今度は身体が急速に上に向かって押しあげられました。見あげると、上に光が見えます。吸いこまれるようにふたりの身体が光に向かって進んでいきます。

次の瞬間、ヒミコとナギオの身体は地上に噴き出されていました。ふたりの身体が宙に浮かびます。

クジラが吹く潮のように地上に投げあげられたのです。

しばし空中を舞ったあと、今度は急速に落下して、地上に落とされました。ヒミコは全身を強く打ちました。ナギオが呻《うめ》き声をあげました。直後大量の水が身体にかかります。

ふたりを縛っていた蔓は切れ、ナギオはヒミコの横に倒れていました。

昼間ヒミコがここで岩の下に洞窟への出入口があると思ったのは間違いではなかったのです。ただしその穴は岩によって塞がれていました。かなり前にその岩は置かれたのでしょう。そのため、岩を動かした跡が見つからなかったのです。おそらく最初は穴だけがあり、そのあと、木枠とあの大きな剣山の仕掛けを置き、それを岩と土で隠したに違いありません。

ヤソミコはこの仕掛けをつくり、山の神に通じていると偽っていたのです。

横でナギオが呻いている声が聞こえました。横たわったまま身体をそのほうに向けると、ナギオが水を吐きだしているところでした。

――よかった。ナギオは生きている。

「ここは、どこなんだ?」ナギオがいいました。

「洞窟の上です」ヒミコは寝そべったまま答えました。まだ身体が動きません。全身は濡れそぼち、纏《まと》っていた布はいたるところが鉄針で切られています。

「洞窟の上？　吾たちは地上に出たのか？」

「そうです……」

滝のそばの灌漑用の施設からこの大地に水が流れこんでいました。滝のそばにふたりの男がいて、こちらを見ています。ふたりとも驚いた顔をしていました。いきなり土のなかから人が噴き出したのですから無理もありません。

ナギオが立ちあがりました。

「身体は大丈夫ですか？」ヒミコは訊きました。

ナギオが腰に手をやって答えます。

「もう大丈夫だ」

「あのふたりが見えますか？」ヒミコが滝のふたりに顔を向けます。

「ああ」

「あのふたりが灌漑施設を使って水を洞窟に流していたのです」

「どうする？」

「あのふたりを捕まえて、水の流れを田畑に戻してください」

ナギオが滝のほうに歩いていきます。

滝のそばのふたりはどうするべきか迷っているようでしたが、逃げるにはこの石灰岩柱のある草地をとおるしかありません。

ナギオがふたりのところまで行き、あっというまにふたりを施設にあった縄で縛って小屋に括りつけました。この国でナギオに敵うものはいません。ふたりはほとんど抵抗しませんでした。ナギオの鋼のような肉体と顔じゅうの入れ墨を見て恐れをなしたのかもしれません。最初からナギオには勝てないと観念しているようでした。

ナギオが男たちに話を聞いて、あるところの板を外して別のところにとりつけています。水の流れが変わりました。いまは石灰岩柱のところには水は流れていません。穴からももう水は出ていませんでした。

ナギオがヒミコのところに戻ってきます。

ヒミコは立ちあがりました。

「肩を貸してくれませんか。ヤソミコと決着をつけます」

ヒミコはナギオの肩を借りて歩きました。元気なときなら杖がなくても片脚だけで歩けますが、いまはとてもそんな状態ではありません。

ナギオもおそらくは似たような状態のはずですが、しっかりと大地を踏みしめて歩いています。

ヒミコにはまだしなければならないことが残っていました。この姿をヤソミコと民に見せることです。そうすれば、ヤソミコの話が嘘であり、山の神がいなかったことを証明できます。

ふたりで山をおりていきます。洞窟に近づくと、賑やかな声が聞こえてきました。民たちが騒いでいるのです。

洞窟前の広場の横にふたりは出てきました。まだ誰もふたりに気がつきません。そこには三百人くらいの人々が集まっていました。国の主だった人々です。

洞窟の前にある、一段高くなったところにヤソミコが人々を見おろす形で椅子に座り、土器の器で優雅に酒を飲んでいました。その横にはカムロもいます。

ナギオが大声を出しました。

「皆の者!」

数人しか気づきません。皆お祭り騒ぎに浮かれています。

ナギオがもう一度大声を出すと、今度は注目が集まりました。口に手をあて、驚いている者もいます。皆、ふたりを見ています。徐々に民の話し声がなくなっていき、ついに静寂が訪れました。

ヤソミコも驚いてふたりを見ています。

ヒミコとナギオは、ヤソミコのいるほうに歩いていきました。誰も何もいいません。近くにはヤソミコの警護の者が数人いましたが、彼らも呆然とふたりを見ているだけです。

「汝たち、どうして……」

ヤソミコがいいました。

ヒミコはナギオの肩から手を離し、力を振り絞り片脚で民の前に進み出ました。台の一番前まで行って声をあげます。

「皆の者に話したいことがある」

ヒミコの髪は垂髪になり、全身はびしょ濡れになっています。頬には一筋の切り傷が走り、身体を覆う布はあちこちが切れ、そこから白い肌がのぞいていました。それでも彼女の目に宿る決然とした光に皆は圧倒されていました。

「ヤソミコは嘘をついている」

その声はけっして大きくありませんが、静まり返った洞窟前の広場にいる全員に聞こえました。

ヒミコが続けます。

「ヤソミコはこれまでもずっと嘘をついてきた。山の神などいない。吾とナギオがここにいることがその証拠だ」

「嘘だ！」ヤソミコが叫びました。「この女は嘘をついている！　この女は山の神を殺したのだ！　祟《たた》りがあるぞ！」

「黙りなさい、ヤソミコ！」ヒミコがヤソミコを見て一喝しました。

ヤソミコは驚いた顔をしてヒミコを見返しました。ヤソミコだけではありません。群衆全員が驚き、息を詰めてヒミコを見ました。これまでヤソミコにこんな口をきいた者は誰ひとりとしておりません。

完全な静寂がその場を支配しました。

その静けさを破ってヒミコの声が響きます。

「ヤソミコ、汝が嘘をついていることは洞窟を開ければわかることだ。この洞窟は、水が満たされれば、その水で浮いた者が洞窟の天井についた鉄針で突かれるようになっている。これは汝が仕掛けたものであろう」

ヤソミコは呆然とヒミコを見ています。

ヒミコはふたたび民に顔を向けました。

「ヤソミコは山の神に通じていると嘘をつき、横暴を繰り返してきた。私利私欲のために多くの者を無実にもかかわらず殺してきた。吾の父も何も盗んでいないのに殺された。父が糒を盗んだとされるとき、父は吾と一緒にいたのだ。吾の父だけではない。この洞窟に入れられた者は皆無実だったのだ！」

ヤソミコが立ちあがりました。怒りで顔が真っ赤に染まっています。怒りのために全身が震えています。ヤソミコが椅子の横にある剣を抜きました。蛇の文様のある鉄製の剣です。

「おのれヒミコ！　吾の化粧師の分際で許さぬ！」

雄たけびをあげながら、ヤソミコが剣を振りかざしてヒミコに向かって駆けてきます。

ヒミコは目を瞠《みは》ってヤソミコを見ました。片脚で立つヒミコは剣を防ぐものを何も持っていません。

ヤソミコが憤怒の形相で剣を高々とあげ、ヒミコに迫ってきます。

そのとき――。

「うっ」

突然ヤソミコが身体をのけ反らせて前へ跳び、ヒミコの手前でばたりと倒れました。

ヤソミコの背から槍の柄が伸びています。最初は何が起こったのかわかりませんでした。

ヒミコがヤソミコのうしろに目を向けると、カムロの手にあった槍がなくなっています。

カムロがヤソミコに向かって槍を投げたのです。

カムロがヤソミコが倒れているところまで行き、その背に足を置いて、槍を引き抜きました。

「よくも吾をこれまで騙してきたな」カムロは、吐き捨てるようにヤソミコの背に向かっていいました。

カムロの両親も山のお裁きによって殺されています。

ヤソミコはまったく動く気配がありませんでした。即死のようです。

そこにナギオが近づいていきました。ナギオはヤソミコの髪を摑んで頭を持ちあげると、首から勾玉のついた首飾りを外しました。それからヤソミコの手から剣をとり、そのふたつを持ってヒミコに向かって歩いていきます。

ヒミコの前まで来て、ナギオはヒミコの首に勾玉の首飾りをかけました。そして剣をヒミコに渡します。

翡翠の勾玉の首飾りと、蛇の文様を施された鉄製の剣は、この国を治める者だけが持つことを許されるものです。すなわちこのふたつを持っていることがこの国の王の証《あかし》なのです。

「どうして吾に?」ヒミコはナギオに問いました。

「汝こそ、この国を治める者に相応《ふさわ》しい」

ナギオが一歩さがり、両脚でひざまずくと深く頭《こうべ》を垂れました。

カムロもヒミコに向かってひざまずきました。台の上にいる兵たちが次々とひざまずいていきます。

民たちもひざまずき始め、ついにはその場にいる全員がひざまずきました。

そのとき、その場にいる誰もが無言のうちに認めたのです。ヒミコこそこの国の王に相応しいと。

ヒミコはヤソミコの養女でもありますから後継者として問題はありません。

ヒミコは剣を杖のかわりにしてその場に立っていました。

自分がその地位に相応しいとは思いませんでしたが、ほんとうにこの国の王に相応しい者が現れるまで、この国を守る責任が自分にはあると思いました。ヒミコがヤソミコの秘密を暴いたためにヤソミコは死ぬことになったのです。ヤソミコ亡きあと、誰かがこの国を治めなければなりません。王がいなければ、この豊かな国はたちまち他国に攻め入られて滅んでしまうでしょう。

民の向こうに目を向けました。

見晴るかす大地には青々とした田が広がり、水路の合い間にある家々の竈《かまど》から煙が立ちのぼっています。

ヒミコは剣を高々と掲げました。

それを見た人々が一斉に立ちあがって大歓声をあげました。

この瞬間、ここに新しい女王が誕生したのです。

「邪星落ち天に新たな星光る」

こうして人類最初の密室殺人は解決したのです。

のちにヒミコの治めた国は、邪馬台国《やまたいこく》と呼ばれるようになりました。いわゆる『魏志倭《ぎしわ》人伝《じんでん》』にも記されていますからご存じの方も多いことでしょう。

王になった直後、ナギオがヒミコに尋ねたことがあります。

「汝はこの国をどのようにしたい？」

ヒミコはしばらく考えたあとで答えました。

「ヤソミコは、嘘をつき、民に恐怖を与えて国を治めてきました。吾は、この国を和をもって治めたい」

「『和』か。いい言葉だ。よその国にもこの国がそれを重んじることを伝えよう」

魏に使者を送った際、魏の人は、その言葉を邪馬台国を含むいくつかの国の連合体の名だと思ったようです。魏の官僚たちは、「重んじる」というのを「上位に位置する」という意味ととったのです。

当時、日本には文字がありませんでしたから、魏の人は、その言葉に『魏志倭人伝』にも使用されている「倭」という字をあてました。これ以降、日本に住む人々は倭人と呼ばれるようになりました。

その後のヒミコは、右脚が悪化したことでほとんど表には出なくなりましたが、ナギオとアヤメの協力もあって、この国を平和に治めたといわれています。

ところで、邪馬台国といいますと、昔からその場所が論争の的になってきました。九州説、畿内説、最近では四国説などといったものもあります。

しかし、実際に邪馬台国があった場所は、わたしがいまいる——。

〈ノイズ。鵜飼の声は聞こえるが何をいっているのかわからない。とぎれとぎれに声が聞こえるが聞き取れない〉

「鵜飼さん、大丈夫ですか？　すみません、ナビゲーターの漆原です。現在、この地域一帯で電波障害が起きているようです」

〈ノイズが消え、鵜飼の声が聞こえる〉

――どうやら皆さんは少し考えすぎなところがあるようです。どうも、人間というのはいつの時代も情報を操ることが苦手のようであります。わたしから見ると、人間は自分が情報を操っていると思いながらも、じつのところ、それに振りまわされているだけのようにも思われます。

ここは、ほんとうに素晴らしい場所です。ぜひ一度いらしてご自身の目で確かめてみてください。この場所の素晴らしさが実感できるはずです。

未解決といいますと、これもよく誤解されていることですが、アメリカのケネディ大統領を暗殺したのも皆さんが思っているような人ではなく、実際は――。

〈ふたたびノイズ。鵜飼の声がとぎれとぎれに聞こえる〉

「鵜飼さん、どうしましたか?」

〈ノイズが続いている。鵜飼の声はもう聞こえない〉

「えー、どうやら鵜飼さんとの通信が切れてしまったようです。もうしばらくお待ちください」

〈ジングル、八秒〉

大変申し訳ありません。お話の途中でしたが、終わりの時間がやってきました。

ここまでのお話は、国立歴史科学博物館、犯罪史研究グループ長の鵜飼半次郎さんでした。

今回でこの番組は終了となります。

途中お聞き苦しいところがありましたこと、心よりお詫び申しあげます。

長らく『ディスカバリー・クライム』をお聴きいただき、誠にありがとうございました。

ナビゲーターは漆原遥子でした。

それではまた、どこかでお会いしま――。

〈ノイズ。そのままフェードアウト〉

・本書は二〇二一年八月に小社より単行本として刊行されたものです。
・本書はフィクションです。実在の人物、団体などには一切関係ありません。

双葉文庫

う-22-01

人類最初《じんるいさいしょ》の殺人《さつじん》

2023年11月18日　第1刷発行

【著者】
上田未来《うえだみらい》

【発行者】
箕浦克史
【発行所】
株式会社双葉社
〒162-8540 東京都新宿区東五軒町3番28号
［電話］03-5261-4818(営業部)　03-5261-4831(編集部)
www.futabasha.co.jp（双葉社の書籍・コミックが買えます）
【印刷所】
大日本印刷株式会社
【製本所】
大日本印刷株式会社
【カバー印刷】
株式会社久栄社
【DTP】
株式会社ビーワークス
【フォーマット・デザイン】
日下潤一

ISBN978-4-575-52706-3 C0193
Printed in Japan